Frontera

entre
el Cielo y la Tierra

Juana R. Garcés Vergara

Books

Editors: F. P. Sanfiel and Manuel Alemán
Designer: Ricardo Potes Correa

Published in the United States by CBH Books.
CBH Books is a division of Cambridge BrickHouse, Inc.

Cambridge BrickHouse, Inc.
60 Island Street
Lawrence, MA 01840
U.S.A.

Library of Congress Catalog Number: 2011929073
ISBN 978-1-58018-029-0

First Edition
Printed in Canada
10 9 8 7 6 5 4 3 2 1

Agradecimientos

Agradezco, en primer lugar e infinitamente, "al Padre de todos", por estar siempre atento a todos mis deseos. Y, en la parte humana, los canales que Él ha usado para hacerme llegar su apoyo, en diferentes formas.

A mi madre, Francisca Vergara, por ser la fiel colaboradora para permitirme el paso por esta etapa de mi vida siendo padre y madre, haciendo lo mejor que podía y dándome lo mejor que tenía, sin olvidar que el regalo más valioso que me ha dado es su amor.

A mis dos hijas, Ana Rosa Vergara y Nairobis Peralta, por existir, para reconocer en ellas, sin importar la distancia, el mismo amor, sin que importe el tiempo, y el más bello de todos —en los términos humanos y en la edad o tiempo comprendido por el hombre—: amor de madre.

A mi hija por elección y amor, Franyerlin Montilla, por ser, para mí, otra de mis amadas hijas y dejarme ser, para ella, una madre.

A mi hermana, Balbina Garcés,
por estar dispuesta a escucharme en los momentos de mis
largas conversaciones y por estar allí, al lado de mi madre,
cuando yo me encuentro tan lejos, y así hacer más fácil mi
estadia en otro país y aportar más tranquilidad a mi espíritu.

A todos mis familiares, que son muchos,
en especial a mi tía. Ana Antonia Vergara,
por estar siempre dispuesta para sus sobrinos como la madre de
los hijos que no tuvo, incluyéndome, dándonos de alguna manera
el cariño necesario en el momento preciso.

A mis parientes y amigos,
que han estado allí, y que de alguna forma han sido
y son parte importante en mi vida,
tanto a los que están presentes como a los que ya no están.

Gracias a todos

Juana Rosa Garcés Vergara

Índice

Prólogo

Este libro, *Frontera*, incluye dos partes, que se desarrollan por medio de dos juegos: Emigrantes y Tráfico. Este último, presenta tres formas adicionales de jugar, a las que se les denominó: Precisión, En línea y Éxito.

Surgió la idea de hacer un juego de mesa, que hacía tiempo tenía en mente; pero que no pasaba de ser solo un juego más para mí. De repente, al poner en práctica la idea, se desarrolló todo esto que les presento a continuación, el contenido del libro y los juegos. Y ya no es solo un juego, sino que también incluye pasajes que lo hacen un tanto diferente de la idea original.

Al ir pasando el manuscrito a la computadora, me pareció bastante interesante, aunque no es nada nuevo. En este mundo ya todo está dicho, pero unos pocos no lo saben y otros lo saben y lo han dejado dormir en un sueño profundo.

En este texto me propongo entretener y, a la vez, despertar este conocimiento en la conciencia de cada uno, si así lo desea. Al adquirir este libro tienes tres opciones: solo jugar, limitado a leer solo las reglas principales del juego; solo leer, sin jugar; o combinar las dos cosas, para sacarle más provecho. En mi opinión es apto para todas las edades, ya que su contenido es inofensivo; más bien de orientación positiva.

Los planos de los juegos que acompañan a este libro, son fiel copia de los originales. En ellos solo se cambiaron los textos (palabras y números), con el propósito de hacerlos más claros.

Al ir leyendo llegué a un punto que me tocó muy de cerca; fue al cruzar fácilmente la frontera y tener dificultades al encontrarme lejos de mis seres queridos; esto le dio a mi corazón una emoción que me hizo llorar, y me trajo el recuerdo de una canción que escribí recordando a mi familia, varios años atrás, en la "Isla del Encanto", Puerto Rico. Al final de este libro te la ofrezco, querido lector, junto a tres poemas escritos también hace tiempo, que están muy acordes con el tema del libro.

Espero, de corazón, que todo lo aquí expuesto sea de gran utilidad para todos. Y no solo para el lector, sino también para el que está a su lado, que pueda ver y sentir el cambio positivo de esta persona.

Introducción

La "frontera", que aunque sea solo imaginaria, divide a un lugar o plano de otro y da como resultado el paso de los "Emigrantes" de un lado a otro, a través de ella unos van y otros vienen, dando lugar a un constante "tráfico" de personas, mercancías, vehículos, negocios, ideas, dinero, etc.

Así es todo en la vida, en cumplimiento del movimiento obligado para que pueda existir equilibrio. Y esto, cuando es manejado con un análisis bien hecho y un paso seguro y confiado, con fe, decidido y con "precisión", "en línea" hacia un nuevo horizonte; con los puntos claros y ocupados todos con pensamientos positivos, da como resultado el "éxito", que logrado y manejado desde adentro del corazón y aunado al corazón del universo en paz, armonía y buena intención, bajo la gracia del Padre, dura para siempre.

La autora

Capítulo I

Cómo lo logré

Mi primavera en tiempo de otoño
(Contado según ocurrió)

Desde muy niña sentí gran inclinación por los libros, me encantaba leerlos, y soñaba con escribir algún día las más lindas historias de amor. Transcurridos algunos años, empecé a cambiarle la letra a algunas canciones, cantándolas a mi manera, no podía aceptar la idea de hacer responsable a otro de mi felicidad, o de tener o no tener mi vida; me parecía que cada vez que yo decía algo, así sería.

Y me comportaba un tanto egoísta en mi inocencia de adolescente, al cambiar la letra sin pensar en el otro, por ejemplo: "sin tu amor no puedo ser feliz (sin mi amor no puedes ser feliz), no puedo vivir sin ti (no puedes vivir sin mí)". A algunas canciones les cambiaba la letra casi por completo, dejándole solo la tonada, y disfrutaba al preguntar a mi mamá de quién era la canción.

Estaba cursando el tercer grado de primaria, cuando escribí el tema para el drama que se presentaría en una de las fiestas del día de las madres en la escuela donde estudiaba. Allí, para aquel entonces, se acostumbraba a celebrar el

Día del Árbol y el Día de las Madres, con dramas y bailes ensayados y presentados por los alumnos —muy bonitos, por cierto—. Era una historia de una adolescente que se convirtió en madre y, por su corta edad y la falta de recursos, tuvo que dejar sus estudios e irse a la capital a trabajar, dejando a su hija con su madre (la abuela materna de la niña). Al final del drama, la madre llegó de la capital para encontrarse con su hija, ya grande, y después de aclarar el porqué de todo, se abrazaron las tres en señal de reconciliación y amor, y... se bajó el telón.

Mi amiga, Socorro, representó a la abuela —recuerdo claramente la cantidad de talco que echaron sobre su cabeza, para blanquear su cabello—, otra de mis compañeras representó a la hija y, a mí, me tocó el papel de la joven madre.

Esa historia salió de mi mente; pero parecía más bien una premonición de lo que pasaría en mi vida unos años más tarde. Yo grabé en mi mente la historia, la cual se me reflejaba cada cierto tiempo, y disfrutaba recordándola, no sabía que todo pensamiento dominante, acompañado de emoción, es un pedido hecho al universo, y este no tardará mucho en hacerlo llegar —¡cuántas lágrimas he derramado por ese pensamiento!—, por eso hay que tener mucho cuidado con lo que se piensa. Pero si les contara la historia de esa parte de mi vida, vamos... se necesitaría un libro completo.

El sueño de escribir algún día un libro se quedó dormido, despertaba de vez en cuando, para luego dormirse de nuevo; pero siempre dando la señal de que estaba allí. A veces nos complicamos tanto para encontrar lo que no anhelamos, que dejamos a un lado lo que anhelamos realmente, invalidando el sueño casi por completo.

Se estaba acercando el día, el sueño que por muchos años estuvo dormido, solo dando indicios de que estaba allí, empezaba a despertar como la primavera cuando llega para hacer frondoso el árbol que perdió, una tras otra, todas sus hojas, quedando aparentemente seco; pero con todo lo necesario, dentro de él, para recibir a la primavera (esto último, lo digo como recuerdo de un sueño que tuve recientemente y que les contaré más adelante).

A principios del año 2007 me parecía escuchar en mi mente, en repetidas ocasiones, que escribiera un libro intitulado *Conocimiento*. No le di importancia, escribí el título en un papel y seguí pensando que algún día escribiría un libro sobre mi vida.

A principios del año 2008, me sentía mentalmente deso-rientada, un tanto deprimida, añoraba la inocencia de mi niñez, la alegría de la adolescencia y lo lindo de ser una adulta sin malicia. Cada día me desconocía más, sentía que no era yo, necesitaba encontrarme a mí misma y ser feliz; pero se me había escapado de las manos la fórmula para lograrlo, aun cuando ya la había conocido. Me había empeñado en ver lo negativo en todo, cerrando los ojos para no ver la mayor parte de mi vida, que tenía lo positivo.

En mi desesperación, acudí a una iglesia en busca de ayuda, y allí me ayudaron a despertar —por lo que doy gracias—, asistí a los cultos durante tres meses, casi todos los días; pero no encontré la libertad que buscaba, hubo cosas —aunque pocas, pero de peso— en las que no estuve de acuerdo, claro, que el despertar fue de gran ayuda para recordar la fórmula, pero faltaba ponerla en práctica sabía, por experiencia propia de años atrás, que la felicidad no radica en visitar el templo todos los días, sino en poner atención a nuestro propio templo; el ser: cuerpo, alma, espíritu y los pensamientos dominantes.

Tenía que practicar de nuevo lo que una vez me había ayudado a lograr algunas cosas. Entonces, recordé las palabras del Gran Maestro: "Paz a los hombres de buena voluntad". La voluntad ya la tenía, y se fue dando todo armoniosamente para encontrar la paz, principio de todo logro.

Dejé de asistir al templo para entregarme por completo a la práctica de la verdad, o fórmula para lograr la felicidad. Leía la *Biblia,* enfocándome más en el *Nuevo Testamento* y otros libros de ayuda, escuchaba música que me llegara al corazón, pero no para hacerme recordar malos momentos, sino para desarrollar sueños y anhelos. Esa que te hace sentir que sí, que se puede, y alabanzas para hacer mi propia fiesta y, sumar, durante el día, más gracias de las que daba al despertarme y al ir a la cama. Daba gracias por todo y, principalmente, por el cambio que se estaba desarrollando en mi vida, que era mejor que nunca. Podía sentirlo en mí y verlo claramente en mi hija, ya que los niños son el reflejo de sus padres.

Empecé a comer poco, y ayunaba sin ofrecer el ayuno, pero en el fondo de mi corazón estaba segura de que era la mejor forma de lograr una mejor conexión con el espíritu, y por lo tanto, con el Padre. Lo hacía en forma espontánea y natural, sin ningún sacrificio ni deseos de comer, como años atrás, que solía pasar tres días sin comer porque mi cuerpo no requería de comida y, así, me sentía en plena comunión con el espíritu. Para mí, el comer mucho me lleva a más tiempo de reposo ocupado en la digestión, que el tiempo de reposo, dedicado a meditar y conectarme a la onda vibratoria más alta.

El 16 de septiembre, de ese mismo año, me levanté recordando dos sueños —no de anhelos, sino de los que se tienen al dormir—, el primero, lo había tenido hacía como tres meses.

Soñé que estando yo caminando, a la orilla de una carretera, vi a una gran cebra, que parecía perseguirme, y cuando ya no tuve hacia dónde apartarme la enfrenté, y me di cuenta de que solo era una cabra, que de momento se convirtió en una oveja; pero tenía que continuar el camino y saltar una cerca de palos atravesados; debía hacerlo aunque me paralizaba el miedo al avistar a un gran tigre al otro lado;

por fin, al saltar la cerca me di cuenta de que el tigre no era tan grande, y al acercarme un poco más, me di cuenta de que era un precioso gato amarillo, y dije:

"¡Estoy mal! Todo lo que estoy viendo es un espejismo". Y entonces desperté. En verdad, en ese tiempo yo todo lo estaba viendo como un gran problema.

El segundo lo soñé la noche anterior. Caminaba yo por un viejo camino, el que acostumbraba a recorrer cuando era niña, y me encontré con un árbol, aparentemente seco, y al fijarme en una rama, me di cuenta de que le estaba empezando a brotar una pequeña hoja, en el empeño de analizar cómo brotaba, miré hacia las demás ramas, y vi cómo en ellas estaban brotando también pequeñas hojas, por todas partes, y me quedé pensando: "¡Qué sería de la primavera si cada árbol esperara a que brote una hoja para que después emerja la otra!". Y en ese momento pasó una voz que me dijo:

"No habría tiempo para la primavera. Las hojas de un árbol se caen una detrás de la otra; pero salen todas juntas para hacer de ese árbol, aparentemente seco, el más frondoso, lleno de hojas y flores para reinar en el jardín de la primavera". Y entonces, sonó el reloj despertador, como todas las mañanas, para levantarme y mandar a mi hija a la escuela.

A media mañana entré en comunicación con el Padre, y le pedí que me indicara el camino a seguir durante ese día, y que fuera de provecho. Entonces me preparé para salir a la calle a hacer algunas cosas que, para mí, en ese momento eran necesarias; pero al pasar frente al escritorio para irme, vi una tarjeta de llamadas que tenía destinada para llamar a Franyerlín, mi sobrina, y pedirle un favor que, según yo, solo ella podía ayudarme en eso; no tenía más tarjetas ni pensaba comprar otra, por eso era importante que ella estuviera en casa en el momento de llamar. Hice la llamada y atendió mi hermana de inmediato. Después de saludarla le pregunté por mi sobrina, y ella me respondió:

—Está para la capital, y es raro que no haya llegado todavía.

Continuamos hablando, no le di paso al desánimo, y aproveché para dar gracias internamente por disponer de ese medio que nos permite comunicarnos con los seres queridos, sin importar la distancia. Casi al finalizar la conversación, mi hermana me preguntó qué quería decirle a mi sobrina; y cuando se lo dije, ella me dio la información por la que yo estaba llamando a Franyerlin, respondiéndome así, muy amablemente, justo lo que yo quería escuchar.

Eso fue suficiente para sentirme con tanta armonía, que se me olvidó que tenía que salir.

Minutos más tarde tomé del escritorio papel, marcador y lápiz. Me fui para la cocina, y en el "desayunador" tracé sobre el papel, con el marcador, unas líneas, que me daban la idea de un juego que hablara. Aparté ese papel y tomé otro, y de manera espontánea tracé, con un lápiz, las líneas, marqué los puntos, hice el triángulo, tomé los creyones de mi hija y les di color. Surgiendo, lógicamente, el morado al pasar el rojo sobre el azul. Todo esto lo hice espontáneamente y sin usar una regla para trazar las líneas y medir su longitud. No fue hasta el 18 de septiembre que me di cuenta de la exactitud de las medidas entre punto y punto.

Desde hacía varios meses tenía un pequeño y grueso cartón, que cuando quería botarlo parecía decirme: "soy útil para algo", y entonces lo guardaba con la excusa de que allí tenía un número de teléfono, el cual tenía que pasar a una libreta. Ese día le llegó el momento al cartón, cuando me di cuenta ya lo tenía en la mano cortándolo en forma de fichas, colocando los números, las iniciales y el color.

El nombre "Frontera" también surgió espontáneamente al trazar las primeras líneas en el primer papel, y de este nombre surgieron los nombres para los otros dos juegos:

"Emigrantes" y "Tráfico". "Precisión, en línea" y "Éxito" aparecieron durante el desarrollo del libro.

Entonces, pensé tomar un descanso y me fui al cuarto, me recosté en la cama, y antes de que pasaran dos minutos, sentí el impulso de levantarme a mirar el reloj, eran las doce del día, y se podían ver los lindos rayos del sol que entraban por la ventana, y me parecieron tan especial ese día, que decidí tomarles una foto, ya que el sol lucía más lindo que nunca.

En el momento de tomar la foto me vino a la mente una frase: "entre el cielo y la tierra", y pensé: No sé para qué será esa frase, porque lo que estoy haciendo es un juego que nada tiene que ver con ella, además, ya tiene un nombre. Guardé la foto y me olvidé del asunto, regresé a la cocina, al "desayunador", pues esa era la mesa donde yo estaba trabajando sobre el juego que tenía en mente.

De inmediato el juego pensado para hablar se quedó atrás para darle paso a otro, donde no se incluía el triángulo, y se trataba de transacción o tráfico. Me dispuse a jugar para sacar del juego sus propias reglas. Tenía en mente jugar con Henry Ford o con Edison, grandes conocedores de la "verdad", siempre teniendo como testigo al Gran Maestro, Jesús (esto fue como para no sentirme sola en el momento de jugar, lo hice con respeto; pero no pensé que resultaría tan en serio).

Decidí jugar con Edison y, es increíble que siendo yo la que moviera las fichas en ambos territorios, él me ganara en dos oportunidades. Traté de hacerle trampa, pero al hacer el movimiento, lo hacía en mi contra, sin querer. En una oportunidad, en voz alta, me dije:

—¡Qué puede esperar la que juega con el hombre que inventó la bombilla eléctrica!

Debo aclarar que cuando movía las fichas contrarias, también los pensamientos eran distintos en cuanto al movimiento, como si pertenecieran a otra persona.

A la tercera jugada, espontáneamente, dejé de jugar y las

reglas cesaron; pero empecé a escribir sin poder detenerme, sentía que había más de uno hablándome en la mente, parecían pensamientos gemelos del mismo género, tanto, que a la hora de bajar a recibir a mi niña, que regresaba en el transporte escolar, bajé con la libreta en la mano, escribiendo en el ascensor, mientras llegaba mi hija.

Al día siguiente, al quedarme sola, empecé a jugar, y dije:

—¿Edison, jugaremos otra vez? Esta vez para aprobar el juego. —Lo dije frotándome las manos.

Pero parecía que Edison no estaba dispuesto, y se me dificultó jugar, ya que sabía que mi mente, en ambos movimientos, actuaba a favor de las fichas asignadas para mí. Así, era difícil probarlo y no tenía a quién decirle que jugara conmigo, físicamente, ya que era un secreto. Entonces, mirando hacia mi derecha dije:

—Sería un atrevimiento invitar al Gran Maestro a jugar conmigo. ¡Alguna falta de respeto? —me pregunté a mí misma; y tan pronto lo dije, lo olvidé, y empecé a jugar de nuevo.

Asigné para mí las fichas de color verde, como siempre, al transcurrir el juego me doy cuenta de que mis fichas estaban rodeando a mi Oponente; y los puntos próximos a él, en la línea amarilla, los tomó mi compañero de juego, y cercó mis otras fichas, de tal manera que yo no podía moverme, estaba acorralada.

—Me parece que… no es Edison, el que está jugando —dije entre labios—, este debe ser el que dijo la estrategia de acorralar al contrario.

Este jugador es realmente hábil, pues siendo yo la que muevo las fichas de ambos territorios, me tiene realmente acorralada; ya tiene en la línea de llegada dos fichas, y yo, casi no he podido mover ninguna. Y una que había logrado llevar a la línea de llegada (la número 2), me obligó a retirarla, ya que no tenía otra ficha para mover.

Y aunque trataba de pensar bien el movimiento de mis fichas verdes, y hacer movimientos espontáneos con las fichas azules, me daba cuenta, después de la acción, de que lo hacía en mi contra. En las partidas anteriores me reía al ganar, y decía:

—¡Gané! Realmente perder me daba lo mismo; pero esto ya me estaba molestando un poco.

Es bastante extraño, pero hasta he sentido ganas de llorar, que se entremezclan con la risa del que va ganando. Entonces me dije:

"Voy a cancelar el juego, total, nadie me lo puede reprochar", pensé esto, sin darle importancia; pero mi conciencia no se quedó callada y me dijo que me había dado por vencida.

Pero es que por donde quiera intentara moverme, existía la posibilidad de que me eliminara. ¡Esto ya me estaba extrañando!

Al dejar la ficha del Oponente (la ficha para eliminar al contrario) sin mover, permitía que lo acorralara, mientras que él puso su Oponente en un punto donde las dos fichas que podía mover (la # 4 y la # 7), comoquiera que las moviera, me eliminaba una de ellas.

"Voy a sacar la de más baja denominación", pensé. Estuve a punto de mover la ficha número 4 al lugar donde acorralaba a la número 7, pero me di cuenta a tiempo.

Él prefirió no eliminar ninguna, para confundirme seguramente, e hizo un movimiento con el Oponente hacia la línea amarilla, lo que me llevó a llegar con la número 4.

"Pero sus movimientos me mantienen acorralada, me está obligando a mover la número 7 para eliminarlo", pensé un poco confundida.

Al fin, no le quedó más remedio que darme salida con la número 8; pero como el próximo movimiento mío fue mal pensado, me acorraló. Me parecía escuchar su sonrisa celebrando que mi movimiento solo sirvió para darle la oportunidad de que entrara otra ficha.

Entonces, recordé que al principio del juego le hablé a Jesús para jugar con Él, si no era un atrevimiento invitarlo, pues no quería faltarle el respeto ni con algo tan inofensivo como eso.

Se apoderó de mí un sentimiento que me hizo llorar, me pareció como si Él se levantara con la sonrisa más linda, jamás vista, a consolarme como a una niña, sentí que me recostaba en su pecho y me decía:

—¿Quieres continuar?

Estaba segura de querer hacerlo, esta vez ya no tenía el temor que me inquietó por un momento, al no saber con quién estaba jugando. Ya sabía que este jugador era puro amor; pero me percaté de que si yo ganaba era porque Él me dejaba ganar. Lo tomé todo tan en serio, que me alegré al saber que esta vez me daría una oportunidad, pero no fue así. Sus movimientos seguían siendo certeros.

Mientras yo continuaba preocupándome por las fichas que Él había jugado, y las que yo no había podido jugar, perdía cualquier oportunidad por la falta de concentración al preocuparme por lo que pasaba, pues por enfocarme demasiado en el problema, no encontraba las oportunidades para solucionarlo. Entonces, recordé:

"Mientras tenga una ficha tengo las posibilidades de ganar, si no decaigo y confió en eso".

El juego se extendió por media hora más. Pero entonces yo empecé a dar los pasos correctos, los cuales me llevaron a un punto para ganar y, emocionada, anticipándome al triunfo, exclamé:

—¡Gané! —dije esto, sin percatarme de que Él tenía una ficha para mover y me eliminó a la llegada.

—¡Perdí con dignidad! —dije, mientras sonreía al dirigirme a Él.

Sin duda, la estaba pasando bien. Era hora de pedirle una oportunidad, tratándose de Él, no resultaba difícil hacerlo:

—¡*Please*! ¡Un chance!

Regresé al punto de partida anterior, era una nueva oportunidad y quería saber si con otros movimientos, atendiendo más a la solución; pero sin perder de vista al Oponente, fijándome más en el punto de llegada, podría ganarle. Esto me alegraba, estaba segura de alzar la copa del triunfo; pero debía esperar primero a tenerla en la mano. Recordé las palabras de un gran conocedor de la verdad, Napoleón Hill: "Dígale al mundo lo que piensa hacer, pero primero demuéstreselo".

Hicimos tres movimientos más, yo sin remanente y Él aún con la ficha número 5 como remanente, o sea, no fue que me dejara ganar, sino que yo aproveché la oportunidad que me dio para hacer los movimientos correctos y, ¡gané…! (34.682 a 6.087).

***¡Asimismo, aprovecha las oportunidades que te brinda
la vida, da los pasos correctos, y gana!***

Todo esto fue real para mí, y lo escribí durante el juego para no perder ni un detalle por lo interesante que me pareció. Y el juego quedó, para mí, "aprobado".

Al día siguiente retomé el juego que había quedado inconcluso, este era "Emigrantes", que se había quedado rezagado, según, era el que hablaba, pero yo ya no sabía si hablaría o no, puesto que, "Tráfico" había dicho ya bastante, pero sí sabía que era interesante. Y me dispuse a jugarlo para que me diera sus propias reglas.

Al segundo juego me dio todas sus reglas —bueno, casi todas porque todavía no hablaba y faltaban esas reglas—. Di gracias y me quedé fijando la mirada en el triángulo un rato, sin entender el porqué. De repente un pensamiento parecía llegarme desde el mismo triángulo:

"Sí, tengo mucho que decir y puedo dar consejos a todos, y ayudar a quien los ponga en práctica. Yo soy el Tribunal, me presento y digo a continuación muchas de las cosas que tengo que decir".

Desde ese momento empecé a escribir, no podía parar, era un fluido de pensamientos que no me permitía dejar de escribir, y escribí durante dieciséis horas, solo me detenía para atender a mi hija en sus necesidades básicas de aseo y comida, y eso lo hacía en forma automática, y continuaba escribiendo.

En algunos momentos, mientras escribía, me transportaba, en mi imaginación, a diferentes lugares:

En una cárcel, observé cómo era encerrado un joven en una celda cercana a una casilla con una silla de latón arrimada a la pequeña pared de esta; a donde se dirigió el policía después de cerrar la reja de la celda en la que se encontraba el joven, de unos veinticinco años, aproximadamente, quien se sentó en el piso apoyando su cabeza en ambas rodillas, mientras el policía cerraba con candado la reja. Además, había un pasillo que parecía conducir a otras celdas situadas al fondo, todo esto, dentro del local de la cárcel.

También estuve en una plaza, que por sus bancos y árboles no parecía pertenecer a una gran ciudad, sino a una ciudad pequeña con clima agradable, aunque no soleado —el clima no lo pude sentir, lo intuyo gracias a la forma en que se veía el panorama—. Allí estuve por un momento, parada al lado de un mendigo que estaba durmiendo en uno de los bancos; que era de cemento y aparentaba tener mucho tiempo de construido. El mendigo tendría unos cuarenta y cinco a cincuenta años, y dormía aparentemente tranquilo, pues aunque abrió los ojos, no pareció percatarse de que yo estaba allí.

De igual forma me detuve en una calle, donde había muchos papeles tirados, lo que mostraba descuido. Esta calle parecía pertenecer a una ciudad relativamente grande. El día estaba soleado, y allí un joven permanecía de pie, inmóvil, como quien da un paso y se detiene para recoger algo del piso. Más adelante estaba una mujer, joven también, en una postura bastante difícil, de pie y con la cabeza y los brazos casi tocando el piso; ambos permanecían estáticos, miré preguntándome cómo no se caían.

Entré en una cantina, lugar de bebidas, con decoración de mesas, sillas y mostrador o barra, con base roja y meseta negra. Este lugar parecía ser de clase entre media y alta, allí había hombres de diferentes edades, tomando; y mujeres entre veinte y cuarenta años, eran las sirvientas. Esta visión duró solo un instante.

Divisé una llanura, donde la tierra se había agrietado por la sequía, parecía que allí nunca había llovido. Estaba poblada de arbustos, aparentemente secos, o con muy poco follaje.

En aquel lugar me sentía suspendida en el aire. Pude observar a una mujer joven, como de treinta y cinco años, con un pañuelo en la cabeza, cuyas puntas amarradas caían sobre su frente, y un vestido de color grisáceo opaco, como el pañuelo, que le llegaba a los tobillos. Caminaba desorientada, de un lado para otro, al parecer sin saber qué rumbo tomar, y luego se sentó como si hubiese perdido el ánimo.

Cuando regresé a mi estado físico normal, comprobé que tenía los ojos llenos de lágrimas y que no había cesado de escribir. Fue al final, cuando lo leí, que realmente me di cuenta de lo que escribí y decidí respetar lo allí escrito, y no cambiar nada en el momento de copiarlo en la computadora, lo que fue posible dos semanas después, cuando por fin estuvo arreglada mi computadora.

Mientras, los manuscritos permanecieron en la mesa

donde los escribí. Antes de sentarme para teclearlos en la computadora, decidí "aprobar" solo un juego, y no solo lo aprobé, sino que puse en práctica los consejos que me dio para continuar en este proyecto. Al terminar de pasarlo todo a la computadora; recordé, la foto y sentí la necesidad de copiarla, yo misma, en la computadora, y así lo hice. Cuando apareció en la pantalla, de forma espontánea le escribí el nombre, y así quedó lista la portada del libro: *Frontera entre el Cielo y la Tierra*. Esta foto fue la que usé como portada para la cubierta de los cinco libros que imprimí, yo misma, en mi casa, antes de tomar la decisión de publicarlo.

Capítulo II

Juego Emigrantes

Características

Este juego consta de diez fichas, que representan a "Emigrantes", son verdes, están marcadas con la letra "E" en el anverso y la letra "T" en el reverso y, además, un número que las identifica.

Tres fichas amarillas, denominadas "Guardias", marcadas cada una con la letra "G" y un número, que las identifica. Además, dos fichas azules, denominadas "Oponentes", marcadas solamente con la letra "O".

Incluye, además, un plano dividido en dos partes iguales (territorios) por una línea fronteriza amarilla, una parte es azul y la otra, verde. En cada territorio se trazan líneas que se cruzan entre sí, en diferentes direcciones, formando varios ángulos y puntos de entrada y salida de las fichas. Con un triángulo rojo en el territorio azul y dos líneas violetas para deslizarse hasta el triángulo. Estas líneas solo las pueden usar las fichas verdes (Emigrantes).

Ver Figura 1 en la próxima página, en blanco y negro.

Figura 1
Tablero del Juego Emigrantes

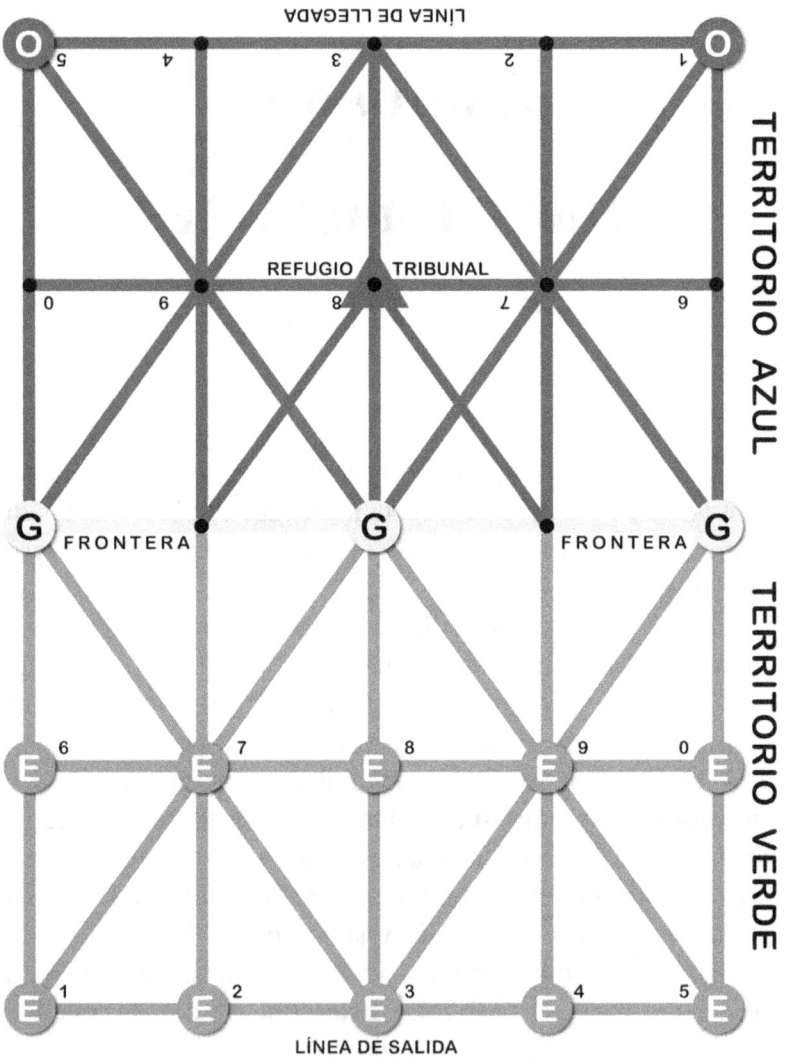

Meta

Se logra al colocar cinco fichas "E", una en cada punto de la línea de llegada (primera línea del territorio azul).

Estrategia

El objetivo es tratar de pasar a los Emigrantes hasta la línea de llegada, con la ayuda de los Guardias, ya que estos no pueden ser eliminados por los Oponentes, y tienen la libertad de moverse por todo el territorio azul, abriendo paso a los Emigrantes para que arriben a la meta.

Se puede utilizar el punto de refugio (triángulo rojo) para salvar al Emigrante que se aproxima a la meta, ya que allí los Oponentes no pueden eliminarlos.

Reglas del juego

En este juego, Emigrantes, la línea fronteriza amarilla no es refugio, allí está permitida la eliminación. Donde no se puede eliminar es en la línea de llegada para los Emigrantes (primera línea del territorio azul), y en el triángulo, que es el único punto central de refugio donde el Oponente no puede eliminar al Emigrante. Este triángulo simboliza el amor, ya que para él todos los territorios son iguales y no existe un territorio que lo excluya, y es aceptado y respetado en todas partes, estando siempre dispuesto a ayudar, sin tomar en cuenta a quién.

Los Oponentes

Los Oponentes nunca pueden eliminarse; pero tampoco pueden pasar al territorio verde. Ellos pueden eliminar a los Emigrantes en cualquier punto de la línea amarilla o del territorio azul, excepto en el triángulo y en la línea de llegada.

Los Guardias

Los Guardias ni eliminan ni pueden eliminarse; pero les está prohibido pasar al territorio verde, aunque son movidos por los Emigrantes, y sus movimientos se cuentan como si fuesen Emigrantes, ya que son sus fieles colaboradores.

Los Emigrantes

No pueden eliminar; pero se pueden mover dentro de ambos territorios con toda libertad, incluyendo, regresar desde la línea de llegada hasta su territorio, si lo creen conveniente, de punto a punto en cualquier dirección. Su propósito es pasar al otro lado y colocarse en la primera línea del territorio azul.

El triángulo

En el triángulo se pueden parar todos; pero ni los Oponentes ni los Guardias pueden usar sus líneas violetas de acceso. Estas líneas, que permiten acceder al triángulo o refugio, son únicamente para los Emigrantes, y solo para arribar. No se puede salir a través de ellas.

Cómo eliminar

Se elimina con un movimiento de la ficha Oponente (sin saltar ningún punto, y respetando los límites impuestos) al punto donde está la ficha "E", para ocupar su lugar, y esta ficha "E" es sacada del tablero de juego.

Inicio del juego

Posiciones

En cada punto del territorio verde, se colocan a los "Emigrantes", en su número, con la letra "E" visible. En los puntos extremos y en el punto central de la línea fronteriza amarilla, se colocan a los "Guardias". Sin orden de numeración, pero con la letra "G" visible. En los puntos extremos (las esquinas) de la primera línea o línea de llegada, del territorio azul se coloca a los "Oponentes", con el color azul visible.

Salida

Los primeros en salir son los "Emigrantes", para comenzar a recorrer el camino que los conduce a la meta. Este movimiento pueden realizarlo por sí mismos o movilizando a uno de los "Guardias", y así sucesivamente en cada turno. Después se movilizan los "Oponentes" para impedir la llegada a los "Emigrantes".

Movimientos

Para todos: Emigrantes, Guardias y Oponentes, los movimientos se efectúan deslizándose por las líneas a un punto libre, no se permite saltar ninguno, sin excepción. Estos movimientos son libres, pero respetando los límites impuestos a cada uno.

Continuación del juego

Hay muchas posibilidades de inmovilizar al Oponente, ya sea con Guardias o con fichas colocadas en puntos donde no se puede eliminar, por ello se deben realizar movimientos pensados (pensar antes de actuar), pues el propósito es llegar a la meta. Pero si inmovilizas, no habrás perdido ni ganado, y serás llevado a juicio, ya que aquí no es lícito cerrarle el paso a nadie. Entonces se le da una nueva oportunidad para continuar, con indicaciones u opiniones dadas por el Tribunal, el Oponente y el Guardia.

El Tribunal, tiene su sede en el triángulo, si está libre en el momento de cerrar, entonces no opina, la opinión la da el Oponente, más la opinión del Guardia, si el Oponente se lo permite. En este caso, si uno de ellos le pide la opinión al Tribunal, entonces este la da.

Si en el momento de cerrar hay algún Emigrante en el Tribunal, la primera y única opinión es dada por el Tribunal, y no es objetada por nadie para continuar. Este opina según la lectura en su lista, indicada por el número que identifica al Emigrante ubicado en él.

Si en el momento de cerrar hay algún Guardia en el Tribunal, se libera al Oponente con uno de los Guardias próximos a él, se retira del juego al Guardia ubicado en el Tribunal, y se continúa jugando. Si en el momento de cerrar no hay nadie en el Tribunal, la opinión la da el Oponente, según la lectura en su lista, indicada por el número en que esté ubicado el Oponente elegido para opinar. Estos pueden tener dos opciones para opinar; pero solo pueden usar una, con cualquiera de las dos fichas.

El Guardia opina si el Oponente le cede la opinión, y se lee en su lista según el propio número que identifica al Guardia elegido para opinar. Estos pueden tener tres opciones para opinar; pero solo pueden hacer uso de una, con cualquiera de las tres fichas. Todas las opiniones son respetadas y cuentan para continuar el juego.

La línea fronteriza de color amarillo es neutra, por tanto, no pertenece a ningún territorio, y la ficha que se encuentre en ella en el momento de cerrar, no opina.

Si una de las indicaciones dadas en ese momento, no puede cumplirse por falta de fichas en la posición requerida para llevar a cabo esta indicación; entonces, si es adicional, se ignora dicha indicación, y si es para liberar, se tomará un Guardia cualquiera, para liberar al Oponente, en forma espontánea, y continuar jugando. Los Emigrantes, se limitan a seguir las indicaciones u opiniones dadas en el juicio, según su lectura.

Fin del juego

El juego termina cuando se ha logrado llegar con las cinco fichas Emigrantes, ocupando los cinco puntos de la primera línea del territorio azul; o cuando ya no quedan más fichas Emigrantes disponibles para mover fuera de la línea de llegada.

Capítulo III

Lectura del juicio

Cada uno de los participantes (Tribunal, Oponentes, Guardias) tiene una lista de opiniones señaladas con un número; que según el número de la ficha o el número del punto en que se encuentre —según sea el caso—, será leído ese mismo número en la lista correspondiente al que está opinando o indicando en ese momento.

También hay una lista con las buenas acciones de los Emigrantes, y esta misma lista se usa para dar las felicitaciones por haber llegado, y se lee de igual forma, según el número de esta lista, indicado por el número que identifica al Emigrante que está en uno de los puntos de la línea de llegada (primera línea del territorio azul). Cada ficha "E" colocada en un punto de llegada se cuenta como una buena acción. Y también como número indicador para leer las felicitaciones por haber llegado o por las acciones.

Existe otra lista para las recomendaciones, esta pertenece a los puntos no ocupados que quedan en la línea de llegada, cuando se finaliza el juego sin lograr la meta requerida (una ficha en cada punto de esta línea). Y se lee según el número en esta lista, indicado por el número del punto no ocupado.

Lista de opiniones

Tribunal

1- No escribas tus sueños en la arena, donde la brisa sopla y las olas llegan y los borran con facilidad. Escríbelos allí donde solo tú puedas entrar.

• *Regresa una ficha "E" cualquiera a su punto de origen o salida, si hay alguna allí elimínala, y libera al Oponente en forma espontánea.*

2- No arranques tan aprisa sin saber antes a dónde vas, para que no te confundas en el camino

• *Regresa la ficha con la que cerraste al punto desde donde la moviste. Y lee una recomendación si hay algún punto libre en la línea de llegada. Y da más libertad de movimiento al Oponente, si es posible, con tres movimientos espontáneos de un Guardia, de punto a punto, si no hay fichas que impidan el paso.*

3- No trates de llegar primero, trata de saber llegar.

• *Libera al Oponente poniendo a un Guardia en un punto libre de la línea de llegada, o intercambiando un punto con el Oponente si no hay un punto libre en esta.*

4- Mantén en secreto lo que quieras hacer, y así nadie intervendrá en tu sueño, para que puedas gritarle al mundo lo que hiciste.

•*Libera al Oponente intercambiando puntos, con dos Guardias y los dos Oponentes.*

5- Las bases en que fundas tus sueños, son las encargadas del tiempo que dura el éxito.

• *Libera al Oponente, con un Guardia, al punto que quieras, dejándolo en ese lugar durante los próximos tres movimientos.*

6- El Padre es amor; pero también es para cada uno lo que cada uno quiere que sea. Él respeta tu opinión porque te dio libre albedrío. Así que, ¡a opinar siempre favorablemente!

• *Libera al Oponente en la forma que quieras, excepto colocando fichas "E" en la línea de llegada. Y sigue jugando.*

7- Sé conocedor de las oportunidades para no dejarlas pasar. Avanza siempre un paso adelante.

• *Haz movimientos con las fichas "E" de izquierda a derecha, en el sentido de las agujas del reloj, cuantas veces sea necesario, hasta liberar al Oponente. Este movimiento se hace saltando los puntos ocupados por Oponentes y Guardias, y sobre las líneas de los bordes del tablero, incluyendo ambos territorios.*

8- Si esperas el mejor momento puede que sea demasiado tarde para comenzar. El mejor momento es ahora. El tiempo se puede hacer retroceder en un reloj; pero no en la vida real.

• *Haz movimientos con las fichas "E" de derecha a izquierda, en sentido contrario a las manecillas del reloj, cuantas veces sea necesario, hasta liberar al Oponente. Este movimiento se hace saltando los puntos ocupados por Oponentes y Guardias y sobre las líneas de los bordes del tablero, incluyendo ambos territorios.*

9- Que no sea hacer, por no dejar de hacer, sino no dejar de hacer lo que se quiere hacer.

• *Llena todos los puntos libres de la línea amarilla, con tus fichas "E", incluyendo las que ya llegaron, si no tienes suficientes fichas afuera.*

0- Debes hacer con amor lo que te corresponda en ese momento, sin olvidar el sueño que te toca el corazón.

• *Libera al Oponente con un Guardia, y coloca a los tres en la línea amarilla deslizándose sobre ella; eliminando a la ficha que se encuentre impidiendo el movimiento, si hay alguna.*

Oponentes

1- Aparentaste deseo rotundo de anular al otro, sin pensar en las consecuencias.

• *Libérame con cualquier ficha, con un movi-miento libre hacia atrás o a los lados, y saca una ficha, ya jugada, para ponerla en su territorio, en cualquier punto.*

2- No pensaste antes de actuar, por eso perdiste lo que habías logrado.

• *Regresa todas las fichas "E", que no han entrado a su lugar de salida. Y libérame con un movimiento libre de un Guardia.*

3- Demuestras falta de interés en lo que haces.

• *Libérame colocando todos los Guardias en la línea amarilla, eliminando, si es necesario, para ocupar los tres puntos de esta línea, y moviendo una ficha "E", de las más adelantadas, dos puntos hacia atrás, si hay puntos libres para ejecutar este movimiento.*

4- Aquí no se viene a cerrar, se viene a ganar. Pero para eso hay que tener los puntos claros.

• *Libérame con una de tus acciones y llévala a su punto de partida, eliminando si está ocupado. Si no hay acciones, mueve libremente a un Guardia.*

5- No es hacer, sino saber hacer, y ver el final antes de comenzar.

• *Libérame, con un Guardia, en forma espon-tánea, sin pensar, y si tienes solo una acción, llévala al Tribunal para que este opine también; y que se quede allí si el Tribunal no opina lo contrario.*

6- Te desviaste del camino. Retómalo.

• *Libérame utilizando un Guardia, con tres movi-mientos libres, y coloca una ficha próxima a llegar, en la línea fronteriza.*

7- Cedo la palabra a cualquiera de los tres Guardias.

8- No usaste la imaginación.

• *Lleva una ficha cualquiera, adelantada, dos*

movimientos hacia atrás, y libérame con un Guardia, con un movimiento libre, pensado.

9- Cedo la palabra a cualquiera de los tres Guardias.

0- Hay tiempo para todo; menos para desperdiciarlo, tenías que hacer uso del mejor momento: ¡Ahora!

• *Ahora yo me libero con un movimiento libre a cualquier punto de mi territorio, eliminando a un Guardia, para ejercer mi movimiento.*

Guardias

1- Todos tienen derecho a una nueva oportunidad, sin tener en cuenta los errores, porque lo importante es darse cuenta a tiempo. Y tú, perdonaste, y te perdonaste a ti mismo, cambiaste y te percataste de que no estabas solo y valoraste mi ayuda.

• *Yo libero al Oponente con un movimiento libre. Mi opinión es que te muevas a un ponto cualquiera de tu territorio, con una de las fichas próximas al Tribunal.*

2- En cierto momento diste un paso en falso que te obstaculizó la jugada; pero siempre has practicado el respeto y la consideración por los demás.

• *Por lo que apelo a tus buenas acciones, si existen, para continuar. Toma una de las acciones, sin que importe el punto en que se encuentre, en la línea de llegada. Y que sea leída en su lista.*

3- Estuve allí todo el tiempo, para ayudar, según mi misión, pero no hay peor ciego que el que no quiere ver. Por no abrir tu mente, y juzgar sin saber, me impediste dar el paso para demostrarte lo que somos capaces de hacer, si estamos en armonía y trabajamos en equipo.

• No le retiro mi ayuda. Apelo a que sea el Tribunal el que decida, con una de las fichas de las que no hayan entrado a la línea de llegada.

Buenas acciones

1- Amaste a todos lo suficiente, y esto te abrió el camino para llegar hasta este punto. Felicidades.

• Si tienes que empezar de nuevo, libera al Oponente colocando a uno de los Guardias en cual-quiera de los puntos de la línea fronteriza, si no hay un punto libre, tienes que eliminarlo.

2- Cada día diste gracias por todo y por todos, y continuaste confiado en ganar. Diste gracias antes de recibir. Ahora recibe mis felicitaciones por estar en este punto.

• Si tienes que empezar, hazlo todo con la misma confianza. Libera al Oponente con cualquier ficha próxima a él, y ubícala en uno de los puntos libres más próximos a la llegada.

3- No perdiste la fe en ganar, a pesar de los obstáculos y de la interrupción de la marcha, siempre hacia delante. Por eso estás ahora en este punto. Te felicito.

• *Si tienes que empezar, estas armas que usaste aquí son de las mejores para ganar (fe y constancia), usa esto en todo. Libera al Oponente haciendo intercambio de posiciones con él, utiliza fichas "G" o "E" y cualquiera de los dos Oponentes, si ambos o uno de ellos está en la línea de llegada, el movimiento de intercambio se efectuará con una de las fichas entradas a la línea de llegada.*

4- Te mantuviste firme en tu decisión, no la cambiaste a pesar de que las opiniones, tanto propias como ajenas, en un momento pudieron sembrar la duda. El no permitirle a la duda entrar, siquiera para ver la posibilidad de cambiar el rumbo y mantener tu sueño, te permitió entrar ahora en el punto anhelado. Felicidades.

• *Si tienes que empezar de nuevo; no olvides este logro, pues ya sabes que el que cambia de decisión con facilidad, demuestra que no sabe lo que quiere, y corre el riesgo de terminar —comparativamente— como un corcho llevado al antojo por las olas del mar, de un lado para otro. Sin destino fijo. Libera al Oponente, con un movimiento hacia atrás, al punto donde estabas antes de cerrar.*

5- Respetaste a todos, tal como querías que te respetaran, sin hacer jamás a otros lo que no te gustaría que te hicieran, te pusiste en el lugar de los demás, antes de actuar o juzgar, eso te dio puntos a tu favor, para llegar adonde estás ahora. Felicidades

.

• *Si tienes que empezar, libera al Oponente colocándolo en un punto cualquiera de la línea fronteriza, si están ocupados, haz otro movimiento.*

6- Respetaste el mandamiento que dice: "no codiciarás", no miraste jamás algo de otra persona para desearlo para ti. Se sabe que el envidiar es retroceder muchos puntos ya logrados, y retardar la llegada de lo que nos pertenece; que puede ser igual o mejor de lo que se ha envidiado. Llegaste con mucha energía positiva, la que produce admirar y celebrar los logros ajenos, en lugar de envidiarlos. Felicidades.

• *Si tienes que empezar, aprovecha esa energía. Libera al Oponente con un Guardia y colócalo donde quieras.*

7- Entendiendo que todo tiene que circular y moverse para ser de provecho; tomando, por ejemplo, los beneficios que recibimos gracias a los movimientos de rotación y traslación de la Tierra. Nunca acaparaste nada para ti, compartiste alegremente todo con los demás y pusiste a circular tus ganancias —entre las ganancias no solo se cuenta lo material, también los conocimientos son ganancias—. Llegaste al punto con alegría. Felicidades.

• *Si tienes que empezar, libera al Oponente con un movimiento de intercambio entre un Guardia y él.*

8- En la lucha por lograr tus sueños, estuviste siempre en comunión con el Padre y pediste bajo la Gracia, de manera perfecta para todos, para así no dañar a nadie, sin caer en la crueldad de ganar sin importar lo que haya que hacer en contra. Estás en este punto con merecido galardón. Felicidades.

•*Si tienes que empezar, no olvides este galardón; merecido por haber resistido al éxito fácil, usando a los demás a su conveniencia. Libera al Oponente haciendo dos movimientos a dos puntos anteriores, con cualquier ficha.*

9- Deseaste para ti, todas las maravillas del mundo, sin dejarte llevar por su avaricia, consciente de que las maravillas son maravillas; y los poderes y riquezas materiales, son solo eso. La riqueza material tiene que estar acompañada de la riqueza que no se ve, pero se siente; para que pueda ser una maravilla. Por eso los éxitos no pueden lograrse con el engaño, la trampa y el desenvolvimiento que dañen a la humanidad. Estás en el punto ganador en forma correcta. Felicidades.

•*Si tienes que empezar, haz todo con esta misma conciencia. Libera al Oponente con tres movimientos libres de punto a punto sobre la línea.*

0- La humildad de corazón te permitió pedir, dar gracias para recibir y, en armonía con todos y con todo, disfrutar a plenitud de lo recibido. Esa humildad te hace merecedor de este punto. Felicidades.

•*Si tienes que empezar, no cambies esa virtud que te hace más placentera la victoria. Libera al Oponente, con un movimiento libre para cada Guardia.*

Recomendaciones

1- Por gracia Divina, siempre hay una nueva oportunidad. Pero te fueron dados canales de acceso al Tribunal del amor, como punto de refugio para: meditación, reposo, seguridad y fe, y no los tomaste en cuenta lo suficiente para sacarle el provecho que ofrecen. En la próxima oportunidad úsalos, confiando en que es el mejor camino a seguir. Con amor todo se puede lograr. Y el estrés no es producto de las grandes ciudades, es producto de cómo tú tomas la vida. Haz un poco de reposo y aprovecha para meditar y empezar confiado.

2- Nunca es tarde para empezar. Tus habilidades son muchas, lo que pasa es que no te has detenido para buscarlas en ti, y ponerlas en práctica. Empieza de nuevo, medita sobre lo que te gusta, o te gustaría hacer —aunque parezca imposible, nunca pienses que no puedes —. El que tiene un sueño ya está en la lista de los futuros ganadores. Los grandes adelantos, que tantos beneficios aportan a la humanidad, han sido producto de un sueño imposible para muchos, pero posible para el soñador. Ubícate en este punto y atrévete a soñar y ganar.

3- El mundo no se detiene para ti porque pierdas una vez, o muchas veces, porque cada vez que pierdes se abre una nueva oportunidad para que empieces otra vez, además, ahora con la ganancia que te dejó la partida que perdiste.

4- ¿Tropezaste de nuevo y no llegaste a la meta deseada? Eso no ocurre porque el hombre es el único animal que tropieza varias veces con la misma piedra —¡claro!—, es que como cada quien tiene su piedra, tropieza siempre con ella, ya que esta constituye un cúmulo de pensamientos negativos adquiridos por experiencias de familiares y de otras personas, o de su primer tropiezo; ya que en vez de discernir sobre ellas y sacar lo positivo —si lo hay—, y olvidarse de todo lo demás, hacen todo lo contrario. Muchos, de la fina arena han hecho piedras y de las piedras, grandes rocas, que los aplastan y que en ocasiones logran obstruir el paso a toda una generación —si la piedra viene de la familia, que cada uno cargue con la suya o con la que le entregaron por herencia—. Pero, tú, pulveriza la tuya, y bótala para siempre.

Quédate un momento en el punto donde estás, y analiza de dónde viene o qué ha formado tu piedra, o si solo es una piedrita que estás percibiendo como si fuese una enorme roca. No importa cómo sea, pero da a esto una orden determinada; después de pensarlo y tener claro en tu mente, cuál es el origen del problema, y dile: "del polvo vienes y en polvo te convertirás". Porque la carne viene del polvo, y todo lo que de ella procede, con sus limitaciones y sufrimientos. Y siéntete libre para continuar jugando una nueva partida, y ganar en todos los aspectos de la vida.

Si estás tomando esto en serio; puedes escribir todos tus aparentes problemas que están formando tu piedra y después quemar el papel y botar las cenizas.

5- No importa en qué plano estés o cuál sea tu punto, en todo caso, lo bueno es saber que perder no significa estar derrotado. No importa lo que opinen los demás. Todos tienen muchas opiniones que ofrecer. Escúchalas si quieres, discierne lo que escuches, haz con ellas algo similar al proceso digestivo: masticas y tragas (te las dicen y las escuchas), digieres (analizas) y ya sabes, desechas lo malo y sacas provecho de lo bueno, y verás que al fin es tu opinión la que cuenta.

Ahora piensa que vas a ganar; porque en la vida gana quien piensa ganar a principio de la jugada. Y te llenas de valor para enfrentar las opiniones, tanto ajenas como propias, que puedan presentarse en medio de la jugada para sembrar la duda, que es el peor obstáculo para ganar. Toma esto, ponlo en tu portafolios y empieza la jugada.

Capítulo IV

Presentación simbólica

Tribunal

Este Tribunal tiene su sede en el triángulo rojo, que se encuentra en el territorio azul, el cual tiene dos líneas violetas de acceso que solo pueden usar las fichas Emigrantes (E), color verde. Este Tribunal es la máxima autoridad y su opinión se respeta, no es objetada por nadie, ya que allí no hay preferencias, todos tienen los mismos derechos y deberes, no se limita ni se encierra ni se acorrala a nadie, de ninguna manera, solo se reprende, se guía y se aconseja, y se le abre de nuevo una salida, dándole otra oportunidad para que continúe. Este siempre sigue siendo el centro de refugio, con las líneas de acceso para llegar a él. Pues allí es donde la justicia no es ciega, porque los jueces son, en principio, inquebrantables, regidos por **amor, vida, sabiduría** y **verdad**.

Amor

Es el más grande de todos, lo puede todo y todo lo perdona, es igual en todos y espera cada día que lo acepten, que abran los ojos y miren dentro de su corazón, lo grande que es y lo mucho que se puede lograr con él.

Vida

Es para todos y en todos igual, ofrece las mismas oportunidades, no le niega nada a nadie ni desconoce ningún derecho, y funciona de la misma forma para todos, es abundante y da el fruto según su semilla, recuerda que "por sus frutos los conoceréis" y... te conocerán.

Sabiduría

Está dispuesta para todos por igual, espera el momento en que se reclame para darse según el deseo de cada uno, enseña a aprovechar las oportunidades que da la vida, a tener la mente abierta a todo, a discernir y sacar lo bueno de cada situación, y a amar en libertad, dejando a cada quien su propio espacio y, pidiendo, de igual forma, que sea para sí. Da a conocer cómo y por qué respetar las leyes en todos los planos.

Verdad

Es para todos la libertad, el conocimiento de la verdad nos libera de las creencias erradas que de alguna forma han impedido la evolución de la humanidad. Y en forma meramente terrenal a nadie que se le haya acusado de algo, y que luego confiese la verdad, se le puede seguir acusando, ya es libre, aun cuando su confesión pueda acarrear alguna represión o condena. Pues estas tienen un tiempo determinado, y es preferible ese tiempo, a vivir acorralado por el dedo acusador de los demás o de la propia conciencia, por el resto de la vida.

La verdad está presente en todo, aun cuando no podamos verla, está allí, abarcando todo nuestro entorno, su ayuda no se hace esperar si realmente se cree en ella. Es la encargada de confirmar muchos de los principales aspectos de lo divino. Es la que tiene las llaves para abrir la puerta a la libertad de un nuevo comienzo.

La verdad tiene una constante lucha con una oponente (la mentira) que puede actuar en todas partes si se le permite. Esta oponente tiene que usar como fuerza la forma de cadena, una tras otra, para mantenerse envolviendo a su creador y arrastrándolo cada vez más al punto negativo; haciéndolo víctima de su propia creación, y puede esclavizar y privar de la libertad a muchos por no tener el conocimiento de la verdad. Pero la verdad siempre está allí esperando a que se le llame para hacer su entrada triunfal.

La verdad no condena, reprende. La condena es producto de no haber aprendido de los errores. Se puede decir: estuvo preso durante cinco años, pero salió siendo una nueva persona; con pensamientos nuevos y positivos y ahora tiene éxito —porque el éxito, si no está presente en el momento, no tardará en hacerse presente en aquel que realmente desea alcanzarlo—. Aprendió de sus errores.

Fue condenado a cinco años de prisión. Pero está pagando esa condena por un crimen que no cometió —mas en este caso, si también hace uso de la verdad y la reclama, esta se hace presente para darle la libertad, ya que nada puede estar oculto para siempre—. Porque salió igual o peor que antes, aunque en un momento la verdad lo hizo libre, siguió manifestando la mentira en su vida, al negarse a dar un cambio hacia el lado positivo y mejorar sus pensamientos para cambiar su conducta y tener éxito. No aprendió de sus errores.

La verdad es tan extensa que trabaja en conjunto con los otros principios, y también por sí sola, en función de libertar a los presos, los esclavos y los encadenados por su propia creación. Que aquí, a continuación, le damos también un espacio amplio para revelar su propósito en algunos de los casos que se dan en este plano.

Si hacemos mención de una cárcel, de inmediato, la imaginación nos lleva a un caso que se cierra con un veredicto por un juez. El rechinar de una puerta de barrotes, cuando se cierra. El ruido de sonaja de las llaves que cierran el candado. La mirada fría del carcelero, que se aleja sin pronunciar una palabra alentadora. Y el desánimo de considerarse prisionero. Pero, tanto el carcelero como el encarcelado, ignoran la verdad; que a nadie se puede encarcelar y que la libertad está en el pensamiento. No importa si el cuerpo está encerrado, es en el pensamiento donde reside la libertad o el encierro. Eso depende de cada uno, según el punto en que esté o el uso que le dé,

No hagas caso de las llaves que suenan; más bien pon atención en buscar las llaves que no suenan —si estás leyendo este libro es porque tienes unas que te fueron dadas por derecho de conciencia—. Haz buen uso de ellas y abre la puerta de la mente, deja entrar y salir pensamientos positivos, y atrévete a vivir libremente, aun cuando los demás piensen que estás preso.

Si estás afuera, no escapaste de imaginar la cárcel y el miedo que produce, aun si ahora fueras el carcelero. Y si estás adentro, no escapaste de reconocer lo aterrador y triste que resulta. Pero lo que quizás ninguno imaginó es que la cárcel no está solamente en lo anteriormente descrito; la cárcel está también: en la calle, en las casas, en los hospitales, en las congregaciones... por doquier.

En la calle

Muchos son presas del vicio, la vida ligera que en nada llena, sin motivo ni punto de reposo; porque toda la calle es un aparente punto de reposo, donde no hay paz ni sosiego. Buscando las riquezas donde solo hay un espejismo de ellas, donde hay una negación rotunda de la verdadera riqueza, y se navega en la pobreza (escasez) de respeto y de amor. Buscando amor donde no quieren reconocerlo o admitirlo, donde la palabra que describe tan altísimo "valor divino" le han cambiado su significado, usándolo para su conveniencia, como manto cobertor de la trampa, la envidia y el engaño; llevándolo al polo opuesto, anulando su existencia.

Todos estos, niegan el amor por costumbre y conducta. Y tanto el que lo niega, el que le cambia el significado a tan altísima palabra, como el que lo permite pudiendo evitarlo —sin agravios ni rencores—, están parados en el mismo punto, "presos en la calle". Ten mucho cuidado al pronunciar esta, tan altísima palabra. Respeta su verdadero significado. "No hagas a los demás lo que no quieres que te hagan".

Y tú, pon en acción tus cinco sentidos, y agrégale uno

más como refuerzo a todos, y afina para notar primero el sigiloso o fuerte sonido de las acciones que acompañan a las palabras, y luego escucha lo que dicen. Si las acciones y las palabras no son del mismo género, y se contradicen; evítalas sin agravios ni rencores, devuélvelas a su lugar de origen, o déjalas pasar como agua de río en bajada. "Agua que no has de beber déjala correr". "Cuando los hechos hablan, las palabras sobran".

En el momento en que se le ponga más atención a las acciones, tanto propias como ajenas, se cuide de que la palabra y la acción sean del mismo género, y no se permita, por ningún motivo, contradicciones entre ambas, en lo que a cada uno corresponde a la verdad y al amor se le habrá dado el paso para florecer en su significado, como en un principio.

En las casas

A las que no se le puede llamar hogar porque les queda grande el nombre, ya que los que allí viven en el tiempo de dar gracias por lo poco o mucho que se tenga, de lo material en ese momento; por lo que no se compra con dinero ni se puede regalar ni recibir como regalo, de nadie, porque es de todos por igual (la vida), que nos da tantas maravillas. Por el Sol, la Luna, las estrellas que allí están, siempre en armonía con los movimientos obligatorios de la tierra para evolucionar, y nos regalan de tiempo en tiempo noches estrelladas con hermosa luna y días soleados con blancas nubes.

Por la lluvia, que ayuda a limpiar el ambiente de las grandes ciudades y a desarrollar las plantaciones en los verdes campos. Pero ya no se detienen, ni siquiera, a mostrarle a un niño la luna plateada y el lucero que la acompaña y los movimientos de las nubes blancas regalando formas para la imaginación —es más fácil, que lo vean por televisión en los dibujos animados. Ya ni en el campo se nota; ya allí también hay televisión para que haga el papel de los padres—. Esas, que todo niño que tiene la oportunidad las ve en su gloriosa inocencia y su corazón humilde. La pantalla física en movimiento desplaza a la pantalla mental o imaginaria, restándole fuerza para cuando sea necesaria.

En lugar de invitar al que está al lado, en la vida de cada uno, a contar las estrellas, a dar gracias y de algún modo encontrar la felicidad que está allí esperando a ser llamada, para hacerse notar, se miran los defectos mutuamente, y hasta el que no está presente lo hacen presente, para criticarlo. —¡Ay de aquel que le diga fatuo al otro!—. El que llega a la casa lo hace por obligación y listo para, en la primera señal de discordia, entregar la rosa por el lado de las espinas. Y el que está en la casa también espera por obligación y usó el tiempo de dar gracias en pensar en los defectos del otro, y en los reclamos que tiene que hacer, que son tantos, y mientras más busca más encuentra. Debería, entonces, buscar en lo bueno, que allí también hay, y bendecirlo para que crezca. Pero no en vano se dice que: "no hay peor ciego que el que no quiere ver".

Así que el globo está, lleno de todo lo malo que se encontró, listo para explotar al menor roce que tenga. Cada explosión va contaminando el ambiente, y ni la lluvia ni el agua de ninguna fuente pueden limpiar, al punto de que cada vez se hace más difícil vivir allí. "Son prisioneros de actitudes producidas por pensamientos negativos".

Se ha negado tanto el bien que resulta difícil creer que hay más de lo positivo que de lo negativo, pero así es. Los humanos, tienen su grado más alto de la vibración en lo positivo; pero se han empeñado en ver lo negativo en todo y, según lo ve, así se siente, y así lo ven; al punto de frenar el libre desenvolvimiento de la Tierra para evolucionar.

Destapa libremente lo positivo en todo y en todos, y deja pasar todo lo demás, sin agravio ni rencor —ya se dijo—, como agua de río en bajada. Si estás en él, sal para que no te arrastre, y si estás afuera ni lo mires, ignora hasta el ruido que hace al chocar con las piedras. El río siempre estará allí, no se puede cambiar su cauce, pero tú puedes salir de él y alejarte tanto como quieras. "Los pobres siempre estarán entre nosotros".

Que no se confunda. Porque la pobreza no es solamente la carencia de bienes materiales, esta es una mínima parte de ella. La pobreza más grande es la falta de conocimiento de la verdad, que no es solo saber que le fue dicha una cosa por otra, sino el conocimiento y el respeto de lo divino

Que se tenga en cuenta que lo "divino" para cada uno, tiene o se le da un nombre diferente. Para mí es el Creador y Padre Nuestro, para otros, nombres altísimos, también con mucho poder y el mismo significado, y para algunos es una figura hecha por otros o por ellos mismos, y en muchos casos no son solo figuras físicas, sino mentales. Y sin la expresión, que en mi opinión corresponde en este caso por el respeto al libre albedrío, que le fue dado a cada uno sin importar su creencia solo pregunto: ¿Si la ley de la gravedad que nos mantiene adheridos a la Tierra, evitando que caigamos al vacío —aparentemente vacío, porque hay mucho más de lo que podamos imaginar—, fuera quebrantada por un minuto, una de esas imágenes podría sostenernos por el paso de ese tiempo y librarnos de la catástrofe que produce el quebrantar una sola de las leyes de lo divino por solo un minuto?

Esto (con referencia a las imágenes) no hace ni más ni menos a nadie, ante lo divino, pero sí lo limita en la fe al fijarla en algo con más limitaciones que las suyas propias, y muchas veces, sujeto a algunos cultos o costumbres, que si por algo no puede cumplir nadie más que su propio estado de culpa le castiga, retardando lo esperado. Cuando es mucho más fácil elevarse en gran manera, en el sentir de su corazón hacia el "universo", junto con su pedido sin importar lo grande que sea, o si se encuentra en un tren subterráneo, y que nadie lo sepa hasta que se haya cumplido. Y se ahorran los intermediarios que, como en casi todo, lo que llega por esta vía, no llega completo y se retarda en los recovecos del camino, es mejor tratar directamente con el "dueño".

No es que se anule el reconocimiento de los grandes que han pasado por este planeta, y lo mucho que han aportado para la evolución espiritual del hombre, es que, es mejor seguir su ejemplo, de vida, que arrodillarse ante ellos —por así decirlo—. No me imagino a la Madre Virgen —por quien siento un profundo respeto y admiración—, en el paso físico por este planeta, en posición de oración ante una imagen física o mental de Moisés —por nombrar a uno de los muchos que habían sido cuando ella nació—. Y no porque fuera la elegida, sino porque todos los elegidos vinieron para predicar con su vida el ejemplo a seguir, respetaron las leyes humanas de la época, y se preocuparon por abrir los canales de acceso al Padre, para mantenerse en comunicación con Él, y así, sin importar cómo se presente el diario vivir, es mucho más fácil dar un buen ejemplo. Se mantenían en la oración constante, que no tiene límites; pero sí provechos (pensamientos elegidos, para no dañar ni dañarse, y mantenerse en armonía). ¿Qué opinas? La respuesta es tuya y para ti. Depende del punto (grado de evolución) en que te encuentres.

En los hospitales

No solo los enfermos, son prisioneros de la mentira que representa la enfermedad, sino también los grandes conocedores de la salud, pero ignorantes de la verdad. Su mayor interés es el galardón de su título y el dinero que ganan, más que el amor hacia sus pacientes, que en muchos casos lo necesitan tanto, o más, que la pastilla para el dolor. Son "prisioneros de la vanidad" y, en muchos casos, dictadores en su entorno. Y esto se aplica a muchos en diferentes profesiones, y es por ese motivo que no conocen la libertad y la felicidad, que no siempre es material. Por ley y gracia, de estos hay pocos. Porque la ley divina, tiene más de positivo que de negativo (más de bueno que de malo).

Los enfermos no se desentienden de lo difícil que resulta su situación —cualquiera que haya tenido un dolor de cabeza lo puede entender—; pero se puede dar gracias por las muchas posibilidades de lograr la salud total: viendo la enfermedad como un espejismo, una distorsión de la verdad, que en este caso es la salud. Fuimos creados para ser eficientes y felices, y la enfermedad está impidiendo ese propósito. No se lo permitas, empieza ahora mismo a colaborar con lo divino para cumplir su propósito.

No creas que estás así porque te lo mereces. No pienses que estás así por un castigo de algo poderoso, pero cruel, a quien culpas y casi odias, y reniegas porque es pudiente y no quiere ayudarte.

No aceptes, tampoco, la enfermedad con resignación, como una forma más de vivir la vida, por creer que esa es la voluntad de algo tan poderoso para ti, por lo que respetas y aceptas su decisión. Si este es tu caso, hay algo para empezar favorablemente; pues sabes creer en algo con humildad y respeto. Pero estás en el punto equivocado. Pásate al otro punto, al correcto. Sigue creyendo en algo poderoso que tiene un propósito contigo, respeta y acepta su decisión, pues es la mejor, o sea, que abunde tu salud, que disfrutes de la vida a plenitud, bajo la gracia y en armonía para todos y con todos.

Si estás leyendo esto, con interés, ya estás en el sendero correcto. Entonces, antepón "yo soy" a las palabras salud, vida y plenitud. Y agrégale, porque esta es la voluntad del Padre y yo la respeto y la acepto. Amén.

Ama a todos los que te rodean, aunque el suero sea puesto de mala gana y sigue al pie de la letra todas las instrucciones del médico. Pero tú, en el fondo, sabes que eso es solo un canal para apresurar la voluntad del Padre, que necesita de un poco de fe de todos los presentes, creyentes de la aparente enfermedad, y que necesitan ver para creer, y esta es una forma de despertar la fe. Pero tú sí sabes que todo está bien, y responde así cuando te pregunten por tu salud; aunque todos opinen que ahora también estás loco. Y promete no volver a pecar, o sea, no pensar negativamente.

Olvida para siempre la enfermedad. Propón otra partida a jugar y, esta vez, apunta a ganar. Si vas al Tribunal, aprovecha lo que te dice a tu favor. Si no hay nadie que juegue contigo, hazlo solo. Pero propón el juego comoquiera, y nunca digas que vas a jugar solo —porque recuerda que nadie está solo—, si te lo propones puedes sentir la compañía, y de tus pensamientos, positivos o negativos, va a depender que sea buena o mala. Esa es tu decisión. Recuerda que donde hay mucha luz no puede entrar ni haber oscuridad. Ya podemos brindar por tu salud. ¡Salud!

En las congregaciones

Hay que tener mucho cuidado para no ser de los que, buscando la libertad y el conocimiento espiritual o material, son presos de algunos, unos pocos, que, a sabiendas, usan el conocimiento de lo divino o terrenal para lucrar, sin ningún remordimiento; pero esto también los hace presos a ellos, y entre barrotes de oro que es peor, señalados por su propia conciencia. Pero el juez de la libertad es para todos igual y, tarde o temprano los pondrá al descubierto, dándoles la libertad para que pidan perdón de alguna forma.

Algunos pasarán de los barrotes de oro a los que rechinan cuando se cierra la puerta, y se les bajará del pedestal donde están para reprenderlos. Al hacer referencia a las congregaciones, no solo me refiero a la reunión de personas que siguen los mismos estatutos o fines piadosos o religiosos, sino también a las juntas de negocios o política. Pero nada queda oculto para siempre, mucho menos si se hace en nombre de lo divino. Si tú estás leyendo esto y, eres uno de ellos, y no lo sabes: ¡Ya lo sabes!

A los que se congregan, con fe, en busca de la verdad sigan haciéndolo; es importante, porque donde hay más de uno, en oración, la energía de la fe se multiplica por millones, y da acceso al "poder", abriendo el canal con más rapidez para recibir la paz y la gloria del Padre. Pero no te hagas esclavo ni permitas que lo hagan; la esclavitud no viene del Padre. Por eso mandó a Moisés a liberar a su pueblo.

Si estás leyendo esta parte, sin saltarla, es porque de alguna forma te parece interesante. Y seguramente sabes que Dios no cobra por los beneficios pues, si así fuera, no habría tiempo ni material suficiente para pagar tantas maravillas. Entonces, escribo para ti con el propósito de que sepas más de la verdadera libertad. Escrito está que los sacrificios fueron anulados hace mucho tiempo porque no borraban los pecados, que el sacrificar animales en humo se quedaba, y que hubo una ofrenda verdadera y un verdadero sacrificio, y que en ese momento se quitó lo uno para poner lo otro.

Es que el Padre, en su infinita misericordia ha enviado, desde un principio, a verdaderos iluminados: héroes, reyes, grandes en sabiduría, conocedores de las leyes divinas. Para liberarnos de la esclavitud, que de una u otra forma ha imperado en el mundo. El más grande y reconocido, hasta ahora, fue un verdadero ejemplo de amor y humildad, y un gran revelador del secreto, para el que pudiera entenderlo, ya que venció las enfermedades y la muerte. Lo primero que venció fue el temor, pues sabiendo lo que le esperaba continuó firme, para cumplir su misión en su paso por esta vida. Pero para muchos, por su ignorancia, fue inútil tan duro paso por el Calvario. Quien se reconozca como uno de estos, que se levante, y evite en lo posible volver a caer.

Muchas veces, al congregarse, con fines religiosos, se recuerda, se alaba y hasta se lamenta, por lo que se promete servir a Dios de corazón y en agradecimiento por tan duro sacrificio. Pero eso se queda en el sitio de la congregación; porque siguen pensando de la misma manera y, por lo tanto, viviendo y actuando igual, sin atreverse a cambiar sus vidas.

El paso por el Calvario fue un ejemplo para los poderosos "terrenales", para los políticos, para los que hacen las leyes y son los primeros en violarlas, y hacen honor al dicho "la justicia es ciega", y que el poder no los hace menos cobardes ni menos ciegos. "Lo tenían entre vosotros, y esperaron a la noche para atraparlo como a un ladrón", así lo dijo la más grande y respetada de las mujeres: María, la Madre Virgen. Tan duro paso demostró, que quien tiene el poder no lo quiere soltar aunque, para eso, tenga que llevarse al propio Dios, si se para en frente. Porque no valen por lo que son, sino por lo que tienen, y como lo que tienen es material, por fuera y por dentro, si lo pierden quedarían como una cáscara y sin ningún valor; porque así es su fijación en su mente. Y si alguno, entre ellos, reconoce la verdad, no tiene el valor para declararla, porque no cuenta con el "poder divino", sino con el poder terrenal, y el temor lo invade, y prefiere lavarse las manos.

Así demuestra lo duro y lo despiadado que puede ser el hombre, cuando tiene el látigo en la mano, o lo que es lo mismo, en otras palabras, la sartén cogida por el mango, y mucho más, si se trata de defender su reinado. Reinado que es tan pasajero e insignificante, que si supiera la verdad, ni siquiera lo tomaría para sí, aun cuando resultara fácil; mucho menos entraría en contiendas, descréditos y grandes luchas para lograrlo.

Hoy, todavía hay de esos, pero por gracia divina no son todos así. Puede haber seres terrenales y políticos poderosos, sin semejanza a los de aquella época. Ha de quedar claro que nada tiene de malo tener poder, abundancia de bienes materiales, ser político y tener grandes conocimientos; lo malo está en el mal uso que se le dé.

Este fue también un ejemplo para las grandes masas, que endiosan a los grandes en riquezas materiales, poder político y conocimiento del diálogo, que son grandes oradores y con su palabra ejercen poder y conocimiento. A estos, las grandes masas los apoyan en todo, sin importarles de qué se trate, no se detienen en un punto a pensar si es conveniente para ellos, y mucho menos si es conveniente para todos, como debe ser. El apoyo en este caso es ciego e incondicional. Las condiciones las pone quien pide el apoyo, y mientras más apoyo más condiciones, y el beneficio es para el que pide el apoyo, las migajas para el apoyador (y eso es así en todo, quien apoyó alguna vez a uno que hace negocios oscuros sabe que es así).

Lo fue en aquel entonces, cuando gritaban a viva voz: crucificadle, y a los que por la distancia a la cual se encontraban, no se les oía, se las ingeniaron para hacerse entender, haciendo con su mano la señal de la cruz. Y lo es ahora cuando con el apoyo, a ciegas, son capaces de permitir que crucifiquen a una nación.

Ya es hora de dejar el Calvario y bajarlo de la cruz —eso ya pasó—. Él no murió. Entregó su espíritu por su voluntad para luego recuperarlo, como solo podía hacerlo un iluminado como Él. Para luego ascender en cuerpo y alma, la muerte no podía pasar por un ser de tan alta vibración. ¡Él está en la gloria como lo estuvo siempre, y eso hay que celebrarlo!

Que no sea más en vano el sacrificio de morir por la humanidad, para no anular más el propósito de tan duro paso que, como ejemplo, fue tan mal interpretado, que hasta ahora no se le ha sacado mayor provecho. Si a su paso por el Calvario, no se le ha podido sacar mucho, es el momento de leer más sobre su vida, que fue un gran ejemplo de principio a fin; reclamar a la sabiduría, a que se haga presente, para interpretar de forma correcta los hechos y las palabras del Gran Maestro, para ponerlos en práctica y asegurarse un futuro prometedor. Y a su vez hacer más útil tan hermoso regalo.

Fue Rey, y no pidió corona. Más bien, dio ejemplo de humildad, lavando los pies a sus discípulos.

No necesitó de un lujoso templo para enseñar la verdad. Más bien, dejó claro que el templo sería cada uno para el Espíritu Santo.

Sus enseñanzas fueron gratuitas, sin exigir nada a cambio.

Nunca dijo que hacía milagros por ser hijo de Dios o ser Dios. Por el contrario, repitió de mil maneras que los milagros eran producto de la fe, y que se podría hacer mucho más que Él, ya que Él tenía que irse con el Padre.

No importa cuántos años hayan pasado desde entonces (tiempo contado por el hombre), todo sigue siendo igual, y lo será siempre, como en un principio. Entonces, a leer más de su vida y a practicar su ejemplo.

Recuerda que Dios es vida, verdad, sabiduría, amor e infinita misericordia, y ya lo dio todo, solo se tiene que pedir con fe, y esperar confiado y en paz. Él dijo: "Paz a los hombres de buena voluntad"; pero no se refería a la voluntad de sacrificar bienes materiales, haciendo tratos con Él en un altar, para recibir lo que se quiere o desea; porque quien sacrifica o se sacrifica no puede estar en paz. Porque el sacrificio encierra dificultad y riesgos que pueden, en algunos casos, abrumar la mente que es la sede y origen de los deseos, de la visión y energía que los acompaña. Y la voluntad del Padre es contraria al sacrificio. La referencia fue hecha a la capacidad que tiene el ser humano para determinar con energía lo que quiere o no quiere ser o hacer, y cuando lo desea lo hace de corazón y confiado en obtener lo que desea; este pensamiento positivo le da la paz, que es el inicio de todos los grandes logros.

No hay que esforzarse ni gritar para que Dios escuche; porque en lo divino no es necesaria la fuerza, allí todo es paz y completa tranquilidad. Lo que Él quiere es que la efusividad sea de gratitud antes y después de recibir; con eso basta para ser bendecido una y otra vez. No hay que darle de inmediato lo poco que se tiene para que Él dé más; porque a los hijos del Padre ya les fue dado todo lo que le pertenece, solo falta que les llegue. Todo lo que tú desees tener de corazón, te pertenece, ya es tuyo. Solo pídelo, da las gracias porque ya sabes que es tuyo, y espera en paz.

Si quieres ofrendar, hazlo si te nace de corazón, y puedes cómodamente hacerlo. No lo hagas por un deber u obligación; porque tu deber es hacer, primero, un cambio en tu vida, para poner en el altar, junto con tu ofrenda y tus oraciones, la alegría de vivir. Y cuando te retires deja allí solo la ofrenda y la alegría de vivir y las oraciones que hiciste no las dejes en el altar, llévalas a donde quiera que vayas, ya lo dijo Pablo el apóstol, uno de los encargados de enseñar la verdad: "Orar sin cesar" —esto es, pensar positivamente en todo momento—. No limites tu comunión con Dios solo en la iglesia. Que tu comunión con Dios sea siempre, y los resultados serán maravillosos.

Si quieres diezmar hazlo de la misma forma que la ofrenda. Aparte, es recomendable dar al Padre, todas las noches, una décima parte de los pensamientos, que hubo durante el día. A diferencia del diezmo material, este tiene que ser diario, puesto que la mente emana gran cantidad de pensamientos, muchos de los cuales ni siquiera se pueden reconocer o estar consciente de ellos. Por eso hay que mantenerse vigilante, durante el tiempo que se esté despierto, para reconocer cada pensamiento, aun cuando sea vago y distante, así al momento de ir a dormir se puede sacar una décima parte de los pensamientos que hubo durante el día; esa décima parte de ellos tiene que ser de alta vibración, o sea, positivos, para dar al Padre lo mejor, de igual forma que Él lo hace.

En lo material o físico se conoce como vibración, al movimiento que tiene la materia alrededor de su posición de equilibrio. En lo mental, la alta vibración depende del grado de sentimiento positivo que acompaña a cada pensamiento, alrededor de algo o de alguien, y que le da el equilibrio necesario para mantenerse firme en su posición.

Como todo se logra con la práctica, comienza practicando, con papel y lápiz, anotando el número de pensamientos que pudiste dar al Padre, antes de dormir, para no olvidarlo; y al día siguiente comienza vigilando tus pensamientos para ir aumentando la cantidad. Si reconociste cien pensamientos, lo mínimo que tienes que tener de alta vibración son diez, para poder dar al Padre, si no es así, algo está pasando que debes corregir urgentemente, para abrir el canal de acceso al Padre, y dar el cambio positivo que tanto anhelas en tu vida. No importa si los pensamientos son iguales o repetidos, si estos se dan a diferentes horas en el día, comoquiera se cuentan. Con la práctica diaria será muy fácil entregar al Padre una décima parte de los pensamientos diarios, porque llegará el momento que toda la vida será una ofrenda para el Padre y, por lo tanto, para toda la humanidad, de la forma más sencilla y placentera.

Para incrementar la cantidad del diezmo mental con más rapidez, es bueno combinarlo con la dieta mental, que es como la dieta alimenticia en la cual eliges lo que debes y lo que no debes comer. Y si se te presenta la oportunidad de comer algo que no está en la lista de lo permitido en tu dieta, por delicioso que parezca, lo rechazas si quieres lograr tu propósito. Asimismo se hace con la dieta mental, eliges tus pensamientos y si se te presenta un pensamiento no permitido (negativo) para tu dieta, de inmediato lo rechazas.

Debes unir a esta práctica la de ejercitar la imaginación, la cual funciona igual que al practicar ejercicios físicos, ya que mediante la práctica repetida se logra hacer cualquier cosa que requiera de valor y destreza; asimismo, si ejercitas repetidamente tu imaginación, lograrás ver claramente todo lo que deseas, y muy pronto se manifestará físicamente en tu vida. Debes empezar por ejercitarla por lo menos diez minutos antes de acostarte y diez minutos antes de levantarte. Esto equivale a más de media hora de ejercicios físicos para resultados corporales por zona; y más de un mes de trabajo ejecutado para logros materiales (todo esto según el grado de concentración de cada quien, y aunado a la acción requerida por determinado deseo). Puedes escribir en un papel lo que deseas de corazón —que no involucre, negativamente, a nadie, ni que ejerza ningún dominio de los sentimientos ajenos—, sin omitir ningún detalle, para que te sea de gran ayuda en el momento de ejercitar la imaginación sobre tu deseo, y cargarlo siempre contigo, ya que este también te sirve de apoyo para tu dieta mental, para cuando se presenten pensamientos negativos, insistentes, tenerlo a mano para leerlo, y cerrarle la puerta en el mismo momento a esos pensamientos no deseados.

Antes de terminar quiero aclarar que no estoy en contra de ninguna Iglesia ni de sus fundadores, si son limpios de corazón. Sé que es más fácil encontrar el buen camino en ellas, que en lugares de la vida ligera. La mayoría tiene un buen propósito; que se puede distorsionar a veces sin darse cuenta; tanto por los encargados de la enseñanza, como por los que la escuchan. El propósito de la verdad aquí es dar vista a los ciegos, y libertad a los cautivos.

Canales de acceso

Estas son dos líneas hechas para el acceso de las fichas "E" al Tribunal o punto de refugio, para facilitar la llegada a la meta. Simbólicamente representan, una el día y la otra la noche.

Buenos días

Al empezar el día saluda al Padre nuestro, salúdate a ti mismo, halágate y bendice todo lo bueno que hay en ti. Durante el día ama lo más que puedas, procura ver lo bueno en todo y en todos, celebra los triunfos ajenos como los tuyos, cierra la puerta a todo pensamiento negativo y siente la alegría de vivir. Trabajando en el presente y sacando un tiempo para trabajar en tus sueños.

Buenas noches

Al ir a dormir da gracias por tus compañeros de vida, da gracias por todo, hasta por pequeño o irrisorio que parezca da gracias y espera confiado y alegre el cumplimiento de todos tus sueños, y, por todo lo demás, porque todo lo que viene del Padre es bueno. Y disponte a dormir en total tranquilidad y paz, sin importar el ruido a tu alrededor, tendrás un sueño confortable y reparador.

Emigrantes

Aquí los Emigrantes están representados por diez fichas verdes, que constituyen mayoría. Simbólicamente representan a los Emigrantes en todos los planos. Donde hay una constante emigración, tanto física y mental como espiritual, tratando de dejar un sitio para pasar al otro. Y en ninguno de los casos resulta fácil, ya que todo cambio, aunque sea positivo, requiere de una adaptación.

Físicamente

En todas partes del mundo hay gran cantidad de personas tratando de dejar un país para pasar a otro, en muchos casos, totalmente desconocido, no en busca de una mejor vida; porque la vida en todas parte es igual —la aparente diferencia está en el punto de vista que tenga cada uno de ella y de la línea por donde se mueva—; pero van en busca de mayores y mejores oportunidades, para poder ver la vida desde otro punto y moverse en ella de la mejor manera.

En ciertos casos puede resultar fácil cruzar la línea fronteriza; pero casi siempre el cambio de costumbres, el cambio de comunicación verbal —dicho así para aclarar que no solo un idioma diferente representa un cambio—, la añoranza de su tierra aun con solo el recuerdo de lo que es una familia, la falta de todos los seres queridos que se dejan en el país de origen y la soledad entre tanta gente, que resulta la más grande de todas las soledades. Todo esto representa la dificultad en el cambio; sin contar lo difícil y doloroso que resulta para los que se quedan, y el desmoronamiento lento y tortuoso de los hogares, incluyendo a los más pequeños, que en su inocencia no saben el porqué de ese cambio.

En muchos otros casos, el tratar de cruzar la línea fronteriza los lleva a enfrentarse a los peores peligros; a presenciar, sin poder hacer nada para evitarlo, violaciones de todo tipo; sufrimientos desgarradores; la muerte de compañeros de viaje y hasta de seres queridos, que tal vez por amor no se dejaron, pero luego se perdieron en el camino; y al llegar por fin, encontrarse con que las cosas no son como parecían.

También puede ser el fin del sueño anhelado, el que lo llevó a deslizarse por la línea equivocada para pasar al otro lado. Un sueño que tal vez fue pintado y adornado por personas sin escrúpulos que, con el fin de lucrar materialmente, no les importa lo que tengan que hacer, ni las consecuencias que esto traiga; pues no es solo la muerte de algunos y la desilusión de otros, sino su propia ruina, en su espíritu y en su onda vibratoria, opacando su aura cada día más, y aunque sus cuentas bancarias sean cada vez más altas, todo esto no tardará en caer por su propio peso.

En el creciente afán mundial por emigrar no siempre

se pierde; pero son pocos los que ganan, y esto es, por la falta de conocimiento en cuanto a cómo lograr sus sueños. Hay que descubrir su propio sueño —porque en muchos casos, las personas se dejan influenciar por un sueño ajeno, o por lo que ven en otro—, cada uno tiene que buscar su sueño muy en el interior de sí mismo y, cuando lo descubra, sabrá lo que realmente quiere y para lo que está preparado o para lo que tiene que prepararse; en este caso, muchos de los que han logrado llegar al otro lado, sí, han triunfado; pero es seguro que pasar al otro lado no era su único sueño; antes de intentarlo siquiera, ya sabían lo que querían muy adentro de su corazón, y se prepararon para recibirlo; pero aunque sin culpa han podido ser la causa de la desilusión y el sufrimiento de algunos —por no decir la desgracia, ya que esta es una palabra que no cabe en ninguna parte, y en este plano casi siempre se le asocia con la muerte que, al fin y al cabo, no es más que otra forma de emigrar, pasando de un plano a otro—; esto se debe a que viendo el triunfo en el otro se llenan de sueños coloridos, pero sin fundamento.

Hay tanto que decir sobre esto, y tantos ejemplos que citar, que por lo menos uno voy a traer a colación (sin nombres propios para evitar confusión, y resaltando con un punto algunas intervenciones en el diálogo, que indican recomendaciones a seguir, detalladas más adelante), dicho así, literalmente. Llega Fulano a donde está un amigo y le dice:

—¡Por fin te veo! Por momentos no se sabe dónde te metes —al tiempo que le da la mano, estrechándole la suya en calidad de saludo, dándole tres palmadas en la espalda con la otra—. ¿Adivina a quién me encontré ayer? Que llegó del extranjero. Ya ni lo conocía, pasamos por aquí, y el corredor de esta casa estaba "desolao".

—Todos los días los paso trabajando sin descanso —responde el amigo—, a ver si saco unos centavitos más, ya sabes cómo está la vida —y en tono, un tanto, burlón, como para disimular el desánimo, agrega—: ¡Ey...! ¡Si fuera adivino ya me hubiera "sacao" la lotería, pues hago una jugadita de vez en cuando! —y secando el sudor de su rostro, sin poder ocultar el cansancio, continúa—: Entonces, cuéntame ¿quién llegó?

—Zutano, el muchacho aquel, que estudió con nosotros en la escuela. El hijo de una señora que tenía una casita monte adentro, a punto de caerle encima, por lo vieja. ¿No te acuerdas?

—¡Aaah! ¡Claro! —exclamó el amigo— yo estudié con él en la misma aula.

—¡No! Pero si lo ves ahora no lo conoces —dice, Fulano, y sentándose en una vieja silla, la recuesta a la pared, y a medio bostezar, y continúa—: A ese hombre le fue muy bien por allá, esa gente tiene de todo, y a su familia, aquí, no le falta nada —y con aire de desánimo y resignación hace una breve pausa—. Por lo menos tú, tienes trabajo; pero yo no he "encontrao" nada todavía.

• —No está fácil la cosa aquí —dice el amigo—. ¡Oye! Yo escuché algo así como que él estaba en otro país; pero no sabía dónde ni cómo lo logró, ni que estaba tan bien —dice esto, acompañando la frase con los gestos de su cabeza—. ¡Caramba...! —continuó diciendo, en medio de un suspiro, dirigiendo la mirada al cielo— que tal si nosot... —cortó la palabra y, abriendo un poco más los ojos, en señal de que se le ocurrió una gran idea, retoma su postura y agrega—: ¿Tú sabes cómo hizo para irse o de alguien que nos pueda ayudar? ¡Y nos vamos, también, de aquí! —y, sin dar tiempo para la respuesta, hace las afirmaciones negativas, que acostumbra, y sacando la cartera le dice—: ¡Mira cómo está esta cartera! ¡Sin nada! ¡Sin dinero! ¡Es que este país no sirve! ¡Aquí no se puede vivir! ¡Lo único que hay es pobreza!

Y así, con sus afirmaciones, ayuda a hundir un poco más

la economía del país y la suya propia y, a la vez, convence a Fulano, que si no tenía la idea ya la tiene. Y ya son dos los que están en el sueño de cruzar la frontera.

• —Me han dicho de una persona; pero… mejor llamo al muchacho este, él me dio el número telefónico de la casa de su mamá —contesta Fulano, mostrando gran entusiasmo—, es posible que él sea la persona que nos pueda ayudar, hasta podemos llegarnos a su casa mientras tanto.

—Pa' luego es tarde, me quedan unos minutos en el teléfono, no importa que se gasten, llámalo —dice el amigo, frotándose las manos.

Fulano, hace la llamada, a la que responde la madre del Zutano recién llegado.

—¡Aloo! ¿Quién? —dice la señora, con voz que delata su poca costumbre a usar el teléfono.

• —¡Soy yo! Fulano, hágame el favor de ponerme a Zutano.

—¡Ah! Sí, ya voy —le responde la señora, que de inmediato le pasa el teléfono a su hijo.

—¿Qué cuenta el amigo? —le dice el recién llegado, a Fulano, con voz de satisfacción.

• —Bueno, yo llamándote que… tú sabes cómo hemos "sío" de amigos, desde chiquitos, por si puedes y me echas una mano.

—¡Sí! ¡Claro! ¡Pero cómo? ¡Dime! ¿En qué puedo ayudarte? —responde el recién llegado, con aire de caballero de sociedad y categoría.

• —Bueno… resulta que mi amigo y yo (donde vinimos ayer), estamos planeando que nos vamos, ya es un hecho, pensamos que tú, eres el hombre que nos puede ayudar, en eso. Pa' que nos des los contactos de la "pasada", y cuando estemos allá nos "conectas" un trabajito.

—¡Ay!, Fulano, yo no sé, si la persona esta que me ayudó, todavía hace eso —respondió Zutano, mostrando dudas; pero sin perder la compostura de magnate imaginario—, de todas formas te voy a dar el número de teléfono para que lo llames, ya sabes, con esto hay que ser discreto, no le digas que fui yo quien te lo di. OK.

• —¡Ah!, ¡no! Por eso no te preocupes, yo soy una tumba, ¡suéltame ese número que aquí está mi amigo con lápiz y papel, pa' que yo lo escriba!

El recién llegado (Zutano), le da el número de teléfono, y diciendo que tiene otras cosas que hacer, le corta la conversación y se despide.

• —¿Qué te dijo? —pregunta el amigo, ansioso.

• —Ya sabes, solamente me dio el número de teléfono, pero eso ya es algo, hay que empezar con lo que se tiene a mano —y con gran interés continúa—, ¡y mi compaaa…! ¡No podemos dejar esto pa' mañana! El mejor momento es ahora, las cosas que se dejan pa' más tarde, pa' más tarde se quedan, ¡así que manos a la obra! ¡Ya podemos decir que tenemos un pie puesto en ese país!

Y mientras estos dos amigos continúan planeando el viaje; en la casa de Zutano, este está un tanto preocupado por la reciente llamada, que lo dejó un poco confundido en cuanto a lo que tiene que hacer para sacarles el cuerpo a este par… de amigos que al parecer piensan llegar a su casa. Una casa de dos habitaciones, las dos alquiladas, y él duerme en la sala con su mujer y su hijito. Pero eso nadie lo sabe en su pueblo ni, siquiera, su mamá.

—¡Mamá! ¡Mamá…! —llama con insistencia el recién llegado (Zutano).

—¡Dígame! ¡Dígame "mijito"!

—Si llama Fulano, dile que yo no estoy. ¿OK? —dice Zutano, inventando una excusa para evitar quedar al descubierto en su aparente riqueza.

—¡Claro! ¡Sí, "mijito"!, sí —responde la señora, con la humildad que caracteriza a las dulces madres campesinas.

Mientras, en la casa de los nuevos soñadores —después de hablar por teléfono con la persona indicada, para encontrarse en algún lugar—, el amigo ya sacó la cuenta de lo que tiene ahorrado, para los gastos requeridos en el plan; y Fulano, que no está trabajando, ya pensó en la persona a la que le va a pedir el dinero prestado. Además, se prometieron guardar el secreto, diciéndoselo solo a las personas involucradas y, por último, a las más cercanas por no poder evitarlo.

Fulano se tiene que ir a su casa, donde lo espera su mujer y sus cuatro hijos; y el amigo se queda solo en la casita, donde vivía con su madre, antes de esta morir, ya que su hermana, que es su familiar más cercano, está en la capital trabajando en una casa de familia como empleada doméstica.

Al día siguiente el amigo no fue a trabajar, para dar todos los pasos requeridos, junto con Fulano, y llevar adelante el sueño.

• —¡Amigo! ¿Cómo amaneciste? —le dice Fulano al amigo en calidad de saludo, al llegar a su casa, y agrega—: Porque yo no pude dormir pensando en el viaje, yo creo que hasta mi mujer se dio cuenta.

• —Bueno… somos dos, porque yo tampoco dormí pensando en lo mismo.

• —Te cuento que, la persona que me podía prestar el dinero se echó "p'atrás", hablé esta mañana temprano con él, y me salió con un de atrás "pa'lante". Pero no me desanimé; ¡más "pa'lante" viven otros, y mejores!

• —¡Ah…! —le contesta el amigo con preocupación—; pero no, no te preocupes, uno no se puede dar por vencido tan fácilmente —agrega, anulando la frase inicial que tendía a ser negativa—. ¡Ni que fuera la única persona que tiene dinero!

• —Bueno, eso mismo pensé, yo. Hay que continuar con el plan, hacer todo lo que hay que hacer, "pa'" llevarlo a cabo, se sabe que las cosas no son tan fáciles, pero si uno se pone, lo logra —dice Fulano entusiasmado y confiado.

Fulano y el amigo, emprenden el camino de tres horas, en autobús, para ponerse en contacto con la persona indicada para tratar ese asunto. Estaban en la mejor disposición, y cualquier distancia o cualquier carencia era poco ante la fuerza del deseo que los impulsaba.

Ya en el lugar indicado les tocó esperar por tres horas más para lograr la cita.

• —Esa parece ser la persona —dice Fulano, entusiasmado, rompiendo el silencio que se hace después de una larga espera—, digo, por el color de la ropa, según la describió.

• —Sí, viene hacia acá —contesta el amigo, entusiasmado.

—¡Son ustedes? —pregunta la persona que llega, señalando con el dedo—. Bueno, vamos a hablar del asunto rapidito, porque yo soy una persona muy ocupada —agrega, obviando el saludo y sin disculparse por la demora—. ¡Vamos, díganme, qué es lo que desean?

Llegaron a un acuerdo y se despidieron.

Después de tres horas de carretera, en autobús, tiempo que les tomó el viaje de regreso, no pueden disimular el cansancio; pero el deseo los mueve para seguir en plan de lucha por lo que quieren. Y ya, por fin, llega cada uno a su casa, bien entrada la noche. El amigo no tiene a nadie esperándolo, pero a Fulano lo espera su esposa, un tanto preocupada por la hora, ya tarde para él, que no acostumbra a llegar a esa hora.

Ya casi, llegado el tiempo requerido para el viaje soñado, Fulano ya encontró el dinero necesario para el plan y, junto con el amigo, dio todos los pasos para lograr lo acordado, además, ambos fueron fiel al secreto. Pero llegó la noche anterior al viaje, y Fulano tiene que decirle a su esposa lo que piensa hacer.

• —¡Mi amor! ¡Ven acá! —le dice Fulano a su esposa, mientras la toma del brazo y la acerca hacia él—. ¡Qué rica te quedó esta sopa! Es bueno tomarse un caldito así, antes de ir a dormir —y en medio de un suspiro, agrega—: ¡Ya sé! He estado un poco "descuidao" en estos días.

Ella, que se encuentra de pie a su lado, a un costado de la mesa, en la cocina de la humilde casa, toma la cabeza de Fulano y la apoya en su pecho, colocando su barbilla sobre la cabeza de él, tomando su hombro izquierdo con ambas manos, y le dice:

—Espero que no se haga necesaria la sopita, eres un hombre joven —mientras continúa sobando su hombro, y después de una pausa retoma la palabra—: ¿Qué te pasa? Te he notado distante…, bastante raro últimamente, sin mucho deseo de comer y durmiendo poco —musita esto con los ojos húmedos y la voz entrecortada.

• —¡Mi amor! —responde, Fulano, haciendo un esfuerzo para eliminar el nudo en la garganta, que le impide hablar, y continúa—: Tomé una decisión y no la pienso cambiar, es por el bien de todos, estaba esperando el momento "pa'" decírtelo, por eso le pedí a mi mamá, que se llevara a los niños esta noche —ya sus lágrimas corrían por ambas mejillas, con signos de profundo dolor—: ¡mañana me voy!

—¿Cómo es eso de que te vas! ¿A dónde? ¿Y por qué? —le dice ella disgustada y triste a la vez.

• —¡Me voy "pa'"el otro "lao", a cruzar la frontera, ya está todo listo! —contesta él, demostrando en el sentir de su corazón, que ese día la quería más que nunca.

—¡No lo hagas! ¡Por favor! ¡Piensa en mí y en nuestros muchachitos!

• —Eso es lo que estoy haciendo, pensando en ustedes, ¡por eso lo hago!

—¡No! ¡De alguna parte se saca "pa'" vivir! ¡Dios no desampara a sus hijos! ¡Yo no podría soportarlo! ¿Qué le voy a decir, a los chiquitos, cuando me pregunten por su papá? ¡Y tú sabes el peligro que se corre! —llorando, lo abraza tratando de convencerlo—. ¡Por favor, no lo hagas!

• —Ya está "decidío". Por eso no te lo había dicho, "pa'" que no intervinieras en el plan —dice Fulano, mientras la despega de su cuerpo, para tomarla en brazos y llevarla al cuarto, donde tratará de calmar su dolor.

Llegó el día esperado para el desarrollo final del plan, en el que ambos soñadores estuvieron trabajando por varios días, para llegar a ese punto donde se logra la meta deseada.

• —¡Fulano! ¡Fulano! —llama el amigo, tocando la puerta de la casa de Fulano—, ¡No me digas que te echaste "p'atrás" a última hora?

• —Me estaba despidiendo de mi esposa, no creas que es tan fácil, la pobrecita se quedó llorando —le contesta Fulano, al tiempo que abre la puerta para salir, con un pequeño bulto en la mano—. Pasamos la noche prácticamente en vela los dos.

• —Lo sé, no puede ser fácil —le dice el amigo, comprendiendo su dolor—. Yo no llevo bulto, no llevo nada, dicen que el momento de cruzar la frontera es tan difícil, que cualquier cosa estorba —agregó, como para tratar de distraer del dolor a su compañero de viaje—. Anoche llamé a mi hermana por teléfono, pero no le dije nada de esto, pienso decírselo cuando esté al otro lado de la frontera. Dicen que es mejor no decir las cosas para que se den —y continuó caminando, con paso firme, hacia el lugar donde estarán muchos otros, con el mismo sueño.

• —Sí, si es así, mejor saco la foto, donde estamos la familia completa, que la llevo conmigo, "pa' tenelos" aunque sea en foto —dice Fulano bastante triste, y mientras saca la foto del bulto, agrega—: Sí, yo también creo que es mejor decir las cosas después de hechas.

Y así, Fulano y el amigo, siguen caminando con paso

firme hacia la realización de su sueño, hasta perdérseles de vista a la esposa de Fulano, que salió hasta la puerta, con el rostro demacrado por la tristeza, para verlos partir.

Estos dos hombres hicieron uso de todo lo necesario para llevar a cabo el plan y tener éxito (porque para ello no se necesita un título universitario), pero esto no les garantiza que tengan éxito "al otro lado"; a menos que de inmediato trabajen sobre un nuevo plan para desarrollar y sacar provecho del sacrificio realizado; aunque los efectos del cambio pueden dificultarles ese desarrollo. Por lo que es recomendable, en quien impere el deseo de cruzar la frontera, hacer un examen de lo que realmente quiere, y qué lo mueve a cruzarla. Para trabajar en la definición del plan antes de cruzar, y que sea este, junto con el sueño, lo que lo impulse a dejar su tierra. Y debe fijarlo muy bien en su mente, porque después de que esté grabado en su mente, como una película, ya ni viento ni marea lo pueden dañar.

En esta historia de Emigrantes, común, sencilla y literalmente presentada, se deja ver, indirectamente, la influencia de los números, puntos y líneas, como en la mayor parte del desarrollo de este libro y sus tableros de juego (como lo es en todo, para el que lo pueda entender).

La historia se desarrolló, en cuarenta y cinco inter-venciones, estilo directo: "número impar", que representa al número siete, que a su vez simboliza cuatro ondas de positivo y tres de negativo (más de lo bueno que de lo malo). Esto debe dar como resultado seguridad y fe en cualquier plan que se piense llevar a cabo.

Los puntos indican el lugar donde se encuentra, la acción que toma y los caminos o líneas que se presentan, o que debe seguir cada uno a la hora de intentar encontrar un sueño, tener una idea, trazar o llevar a cabo un plan, y perseguir el éxito sobre la base de todo esto.

En el caso que nos ocupa el sueño se formó en solo minutos, sin pensar ni inquirir en el interior de cada uno. Por lo que no se encontró en el corazón como debe ser. Se formó sin fundamento, basado en el triunfo de otro que, a veces, ni conocen bien, y no tienen ni la menor idea de cómo ha logrado sus riquezas, si es que las tiene realmente.

Muchos ignoran que hay un sueño en el corazón de cada ser humano (aunque en algunos no se pueda manifestar, por impedimentos físicos o mentales; por lo que hay que tener especial cuidado y amor por estos, que suelen sufrir cuando lo descubren, y no lo pueden ejecutar), pero este permanece dormido para siempre, en la mayoría, por hacer como estos dos soñadores; que encontraron el sueño buscado en el sueño o riqueza de otro que escasamente conocen, y con el que han perdido todo contacto, a punto de casi ya no conocerlo, físicamente; aunque esto no hace la diferencia, porque a nadie se conoce realmente; pero sí nos deja claro que el mejor sueño es el que nace del propio corazón, y con una idea aunada a él; aunque esta llegue un poco después del sueño; pero es del mismo origen y género.

No es malo, en lo absoluto, admirar a los demás, y es mucho mejor celebrar sus triunfos; pero lo que sí es malo es ser una copia de otro. No por esto se debe anular un sueño propio, por parecido o casi igual al de otro; porque como en todo, también en los sueños hay puntos divergentes y convergentes.

En esta historia, señaladas con un punto, se destacan muchos o casi todos los pasos a seguir para tener éxito en todo lo anhelado en la vida, por pequeño o grande que sea:

- *Surgimiento o encuentro de un sueño.*
- *Surgimiento de la idea para perseguir el sueño.*
- *Entusiasmo e iniciativa.*

- *Entusiasmo y acción.*
- *Iniciativa con deseos para desarrollar el plan.*
- *Acción en el plan, aunado a la fe.*
- *Entusiasmo.*
- *Entusiasmo y unión.*
- *Aprovechar el mejor momento que es "ahora", con entusiasmo y fe.*
- *Visualizar y poner la mente en el sueño con ahínco.*
- *Coordinación y unión entre ambos (o grupo), para aumentar la fuerza impulsora para llevar a cabo un plan.*
- *Ignorar los aparentes obstáculos.*
- *No permitir dudas ni pensamientos negativos; ni propios ni ajenos.*
- *Reforzar cuando haya peligro de duda, con persistencia y unión.*
- *Persistencia y acción.*
- *Unión y ánimo en la acción.*
- *Fidelidad al secreto.*
- *Discreción, coraje y fe.*
- *Fortaleza en la decisión.*
- *Fe y buena intención.*
- *No ver como obstáculos las dudas y negaciones en sentimientos propios o ajenos.*
- *Entusiasmo y persistencia.*
- *Entusiasmo, coraje, valor y sentimiento.*
- *Decir lo que se hizo, no lo que se piensa hacer.*
- *Los hechos son los que cuentan, no las palabras.*

En las intervenciones no señaladas se percibe:

Curso normal
Tentación en el logro, sueño o riqueza de otro.
Resultado de la fantasía, vanidad o espejismo de algunos.
Puntos y caminos o líneas, que se presentan en el desarrollo del plan, para lograr lo anhelado.

En la historia aquí expuesta, este sueño se da a menudo y por doquier. Estos soñadores, cuando llegan al otro lado —si es que llegan— se encuentran en un mundo desconocido, totalmente desorientados y sin la menor idea de lo que tienen que hacer; ni siquiera para los efectos del cambio están preparados, no se dieron cuenta de que su único sueño era llegar al otro lado. Y con tal aferramiento y fuerza, usando muchos de los truquitos —por así decirlo— que se emplean para tener éxito, como aferrarse a algo con fuerza, no escuchar opiniones ajenas, ni a los que dicen que no lo hagas y hacer todo lo posible porque nadie lo sepa hasta después de hecho. Hicieron uso de todas estas armas para cruzar.

Aunque si de igual forma hicieran uso de ellas para lograr sus metas, después de encontrar, claro está, su propio sueño, y hacer un plan bien definido basado en ese sueño, su éxito estaría asegurado. Hacer un plan bien definido, basado en un sueño propio, reconocido y perseguir el sueño plasmado en ese plan.

Mentalmente

Es deber humano ayudar a los pensamientos a emigrar, por su propio beneficio y el de todos, en general; tratando de reconocerlos —sobre todo a los pensamientos dominantes y persistentes—, ya que así se sabe en qué polo está cada pensamiento, para trasladar todos los que estén en el polo negativo al polo positivo. Como todo cambio hace sentir los efectos en el hábito y las costumbres, es probable que no te resulte tan fácil, pero con la voluntad puesta en práctica es seguro que lo lograrás, y los resultados serán maravillosos.

Espiritualmente

Que en este caso es dejar la carne (desencarnarse) y pasar al plano de la vida espiritual, o viceversa. En lo primero, durante el tiempo de vida en el plano terrenal, el espíritu se acopla a los pensamientos, a la carne o materia y a la forma de conducirse cada uno en este plano, que al momento de dejar el cuerpo, para pasar al otro plano, de igual forma, como en todo, se sienten los efectos del cambio en lo acostumbrado y en lo desconocido; por lo que requiere un proceso de adaptación, en muchos casos difícil; pero al final placentero. En lo segundo, es si el espíritu tiene que volver, igualmente siente el cambio, después de un proceso de adaptación superado, y un desenvolvimiento libre, estará dejando el plano espiritual para pasar al plano terrenal y a las limitaciones de la carne.

Guardias

Los Guardias aquí están representados por tres fichas amarillas, que simbolizan para todos, y en todos los planos, que siempre hay algo o alguien dispuesto a ayudar, sin pedir nada a cambio, ya que así es la verdadera ayuda.

Línea fronteriza

Es una línea de la que no hay mucho que decir, ya que es meramente simbólica, en todos los planos, es una forma de dividir, para hacerse entender que se está en un lugar u otro, en un polo u otro o en un plano u otro. En el plano mental, por ejemplo: si reconoces un pensamiento negativo, influenciado por el sentimiento del desamor o el rencor, no se puede saltar de un punto a otro, lo tienes que llevar por esa misma línea hasta el polo positivo, para reconocer allí el pensamiento acompañado por el sentimiento de amor y perdón; así, de esa forma es que puede ser verdadero el cambio; porque no se puede —siguiendo este mismo ejemplo— amar o dejar de amar de un momento para otro.

En el proceso del cambio no se encontró allí ninguna fisura o separación, porque es lo mismo en polos diferentes. En el plano espiritual, es como quitarse un vestido, y quedarse desnudo, para luego ponerse otro. Y en el plano terrenal, esta es solo una ley más cercana a lo terrenal y, que en parte, es necesaria para mantener el orden y la armonía; pero sin llegar a los extremos, para no anular lo que se quiere mantener.

No importan las cercas de alambre de púa —empezando por los linderos—, que son las primeras "fronteras" que se conocen en el campo, y que no hay niño campesino que no haya saltado alguna, a escondidas, para comerle unas naranjas al vecino, o cualquier otra fruta; y luego, cuando crece, se da cuenta de que aquello que creía temible no era nada; que las fronteras son aquellas donde han ocurrido tantas muertes, y donde más abusos se han cometido. Pero tampoco importan las largas murallas, las altas cercas, los grandes muros y la vigilancia costera; porque la Tierra no se parte a sí misma, por ningún lado para dividirse. Es de todos.

Si se aprende a vivir respetando todas las leyes y los derechos de los demás, tanto en forma individual, como entre las naciones; entonces, todas esas falsas fronteras ya no serán necesarias, y la evolución de la humanidad será mucho mayor; y más placentera para todos.

Puntos

Los puntos simbolizan el punto que se encuentra en la vida, y que en ocasiones no sabe qué rumbo seguir; pero es preciso tomar una decisión, no se puede quedar estancado en un punto, ni siquiera en el de reposo, donde la vida parece suave; porque, allí, se debe meditar sobre lo que se tiene que hacer para continuar la vida en forma provechosa.

Líneas

Las líneas representan los muchos caminos que ofrece la vida para continuar. Todos son positivos: es el equilibrio y el cómo moverse en estos caminos lo que determina, para cada quien, que sean más o menos provechosos.

Oponentes

Los Oponentes están representados por dos fichas azules, las cuales simbolizan que en todos los planos siempre hay un Oponente; al que tenemos que enfrentarnos, no con fuerza, sino con inteligencia y con todos los otros dones de los que disponemos, y sabiendo que es necesario para el equilibrio general. Aquí, como en todo, estos Oponentes son la minoría.

Capítulo V

Juego Tráfico

Características

Consta de un plano dividido, por una línea amarilla y un sol central, en dos partes iguales (territorios), uno verde y otro azul; cada territorio está trazado con líneas que se cruzan entre sí, en diferentes direcciones, formando varios ángulos y puntos de entrada y salida de las fichas. Cada territorio tiene once fichas de su mismo color, diez de estas fichas están marcadas con la letra "T", un punto (.) y un número, y al dorso la letra "E", y una ficha marcada con la letra "O" (Oponente), esta ficha presenta el anverso verde y el reverso azul, y también se usa para indicar la salida.

Este juego, "Tráfico", presenta otras tres formas de jugarlo, una llamada Precisión y otra "Éxito", que siguen casi todas las reglas presentadas aquí para "Tráfico", y una tercera llamada "En Línea", que no sigue sus reglas; pero usa el mismo tablero y otro adicional.

Ver en la Figura 2 el tablero del Juego Tráfico, en blanco y negro.

Figura 2
Tablero del Juego Tráfico

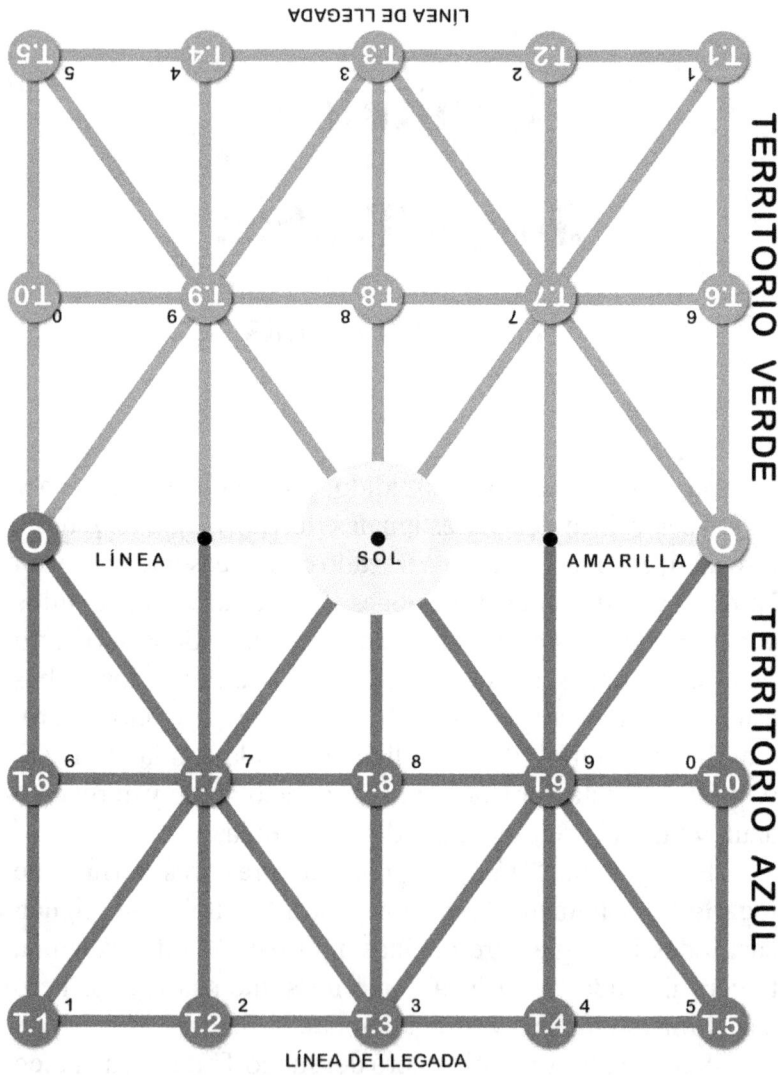

Meta

La meta consiste en llevar cinco fichas a los cinco puntos de la primera línea del territorio contrario, y formar con ellas la cifra más alta posible. La cifra será leída, como corresponde, de izquierda a derecha, en el territorio que fue formada, por el dirigente de este territorio, además, debe hacer la suma del remanente para la cifra final; para reconocer mutuamente el logro obtenido, y demostrar honestidad y confianza entre competidores. Al final del juego quien haya hecho la puntuación más alta gana, incluyendo la suma del remanente, si existe en el momento de terminar el juego.

Estrategia

La estrategia consiste en hacer movimientos pensados, para salvar las fichas con números más altos, e irlas deslizando, orientándolas hacia el lado izquierdo del territorio contrario y, si es posible, tratar de protegerlas en momentos de riesgo con el cero. Colocar las fichas mediante estos movimientos, en la línea de llegada, para hacer con ellas según su número y posición la cifra más alta (que se lee de izquierda a derecha, en el territorio que se formó) y, a su vez, con la ficha Oponente eliminar la mayor cantidad de fichas contrarias que sea posible, sobre todo, las de más alta numeración, para impedir una cifra ganadora hecha en nuestro territorio.

Reglas del juego

Fichas numeradas

Las fichas numeradas, de ambos territorios, se mueven libremente, tanto en su territorio como en el contrario, de punto en punto. Al deslizarse sobre las líneas trazadas, pueden adelantar o retroceder si se considera necesario para lograr un valor satisfactorio. No se permite la eliminación entre fichas numeradas, ni saltar ningún punto, ni pasar una sobre la otra.

Fichas Oponentes

A ambos Oponentes no les es permitido eliminarse entre sí, ni pasar de la línea fronteriza amarilla al territorio contrario; sus movimientos son libres sobre esta línea y dentro de su territorio. Su función es eliminar las fichas contrarias para impedirles la llegada a la primera línea de su territorio, haciendo movimientos, de punto en punto, sobre las líneas, sin saltar ningún punto; y sobre todo los movimientos deben pensarse para impedir, en lo posible, que el contrario logre una puntuación alta con las fichas en la línea de llegada (primera línea de su territorio); no le es permitido eliminar en la línea fronteriza amarilla, ni en la línea de llegada, solo puede hacerlo en los puntos de la línea central de su territorio. La ficha eliminada se saca del tablero de juego. Se elimina con un movimiento de la ficha Oponente, sin saltar ningún punto, al punto donde está la ficha enumerada para ocupar su lugar.

Remanente

Las fichas de cada territorio que no logran llegar y quedan afuera, pero dentro del plano, al final del juego se cuentan como remanentes y se suman a la cifra formada por su territorio. En este caso, no importa en qué punto esté ubicada cada ficha, excepto si la ficha está a la izquierda de una cifra interrumpida, correspondiente a su territorio, o si está en el punto que le corresponde en su territorio de salida, entonces, se anula su valor por descuido, por inactiva o por retroceder a su lugar de salida (no acción o acción sin aliento y sin atención, no hay recompensa). Y se leerá de mayor a menor, por ejemplo: cuatro fichas afuera, pero dentro del plano, al final del juego, correspondientes a un territorio (6)-(8)-(0)-(3) = 8.630+; cifra formada en la línea de llegada, que es igual al total de la cifra correspondiente en el territorio.

Cuando se tienen dos o más fichas en la línea de llegada, al final del juego, se interrumpe la cifra si se deja un punto libre entre ellas; bien sea por un movimiento pensado para tratar de aumentar la cifra (sacando la ficha de ese punto y poniéndola en el del lado izquierdo, por ser de número más alto, y no tener un nuevo chance para ocuparlo) o porque no ha logrado llegar a ese punto. Se interrumpe también si está ocupado por una ficha contraria o por su propio Oponente, entonces, a la ficha o fichas que queden a la izquierda, se les anulará su valor, ya que no se permite leer una cifra interrumpida y tampoco serán contadas como remanente; y el valor de la cifra será contado por el número de la ficha o de las fichas del lado derecho, a partir de la interrupción y según su posición y número, más el remanente, si lo hay. Al territorio que no logra meter cinco fichas en el lado contrario, al terminar el juego, se leerá la cifra formada en la línea de llegada, con las fichas entradas en el lado derecho si esta está interrumpida, o la que esté o las que estén en el lado izquierdo, si el resto de la línea está libre.

Inicio del juego

Posiciones

Colocar cada una de las fichas en su territorio, sobre cada punto, según su número. La ficha Oponente, se coloca en la línea fronteriza amarilla, del lado izquierdo de cada territorio (en el punto en línea recta con el número seis).

Salida

Tomar una ficha Oponente cualquiera, y tirarla hacia arriba, para que indique la salida según el color, y luego regresarla a su lugar. El color que se muestre es el primero en salir. Para ambos territorios, la primera salida o movimiento se hace con una de las fichas próximas a la línea fronteriza amarilla o con el Oponente.

Fin del juego

El juego se termina cuando uno de los territorios coloca cinco fichas en el lado opuesto (o línea de llegada), formando una cifra. Pero esto no quiere decir que ganó, puesto que la cifra más alta es la ganadora. Y esta se cuenta con las fichas que lograron entrar, más el remanente. El derecho al remanente lo tiene el jugador al lograr poner, por lo menos, una ficha en la primera línea del territorio contrario o línea de llegada. También se termina el juego, si uno de los territorios permite que le eliminen todas las fichas, sin lograr entrar ni una sola a la línea de llegada (pérdida total).

Recomendaciones

• *Mientras tengas una ficha, no importa en qué punto esté colocada, ni tampoco las que tiene el contrario.*

• *No te des por vencido, recuerda que siempre tienes a tu favor —respetando las reglas— el pensar y el moverte libremente en todo el plano (mente y libre albedrío), y que tienes una ficha que aunque solo pueda moverse dentro de su territorio fue hecha para protegerlo, eliminando al contrario; mas ella no puede ser eliminada, ni aun estando en la línea fronteriza, allí no es permitido eliminar, esta es una línea de reposo, refugio y comodidad para pensar el paso a seguir, y pertenece a todos; pero no es para quedarse en ella. El permanecer en ella mucho tiempo demuestra la falta de coraje para continuar, temor a perder, falta de decisión y entusiasmo. Mientras tanto el contrario aprovecha la oportunidad para avanzar, desafiando los riesgos con coraje, decisión y entusiasmo, sin dudas, confiado en ganar. Y tú puedes ser víctima de tus pensamientos dominantes o constantes, no positivos, paralizado por el temor y la falta de fe puedes perder por no intentar ganar.*

• *Esta ficha es dada una para cada territorio, no pueden ser eliminadas ni se pueden eliminar entre sí, ya que son del mismo género, su función es la misma en diferente lugar. Por eso ambas parten de la misma línea fronteriza, y respetan mutuamente el territorio del otro, y están dedicadas a trabajar en el territorio asignado.*

• *Aquí esta ficha simboliza la protección y la ayuda, que le es dada a cada uno por igual (la vida y el amor, que son voluntad positiva en todo), aprovecha su fuerza inagotable y déjala actuar en tu ayuda y seguro ganarás.*

• *No pienses en las fichas que tiene el otro, ni en las posibilidades que tiene él de ganar. Piensa en las que tú tienes, en tus posibilidades, que son muchas, aunque no se vean a simple vista. No te des por vencido y seguro ganarás.*

• *Hay formas de pensar el movimiento y acorralar al Oponente para tener libertad y llegar más rápido. Por eso hay que tener cuidado para no ser acorralado. Claro, que como todo en la vida, así es en el juego, la ley del ritmo no permite que se esté estático por mucho tiempo, y llega el momento cuando hay que hacer un movimiento obligado, y liberar al Oponente, pero se gana tiempo para tomar la delantera.*

• *Si en este juego pierdes, inténtalo de nuevo. Comoquiera ganaste al aprender que los movimientos o pasos que diste fueron errados, y en el próximo juego, gracias a esa experiencia, los movimientos serán bien pensados y firmes para una victoria asegurada.*

Lo que ocurre en este juego, ocurre en todo. En la vida de cada uno también se tiene la oportunidad de levantarse después de cada caída. De perder para ganar experiencias, y hacer con ellas las recomendaciones para intentarlo de nuevo. Estas oportunidades se presentan en la vida desde niño. Todo niño se cae muchas veces, antes de aprender a caminar, y cuando logra su propósito desarrolla libremente su éxito, corriendo casi sin parar y en cualquier lugar.

Gracias a algo desconocido para algunos, y conocido para otros; pero igualmente existente, importante y presente de una u otra forma para todos, en todos y en todo, aunque solo sea en uno de sus maravillosos aspectos (la vida); que empezó con los latidos del corazón, respiración y mente funcional, como inicio del triunfo, por lo que ya te puedes considerar ganador, solo tienes que darle el uso correcto, como fue el propósito desde un principio, que da la oportunidad de empezar de nuevo cuantas veces sea necesario, hasta aprender que a eso que se le llama vida, pero llena de tropiezos, enfermedades y desilusiones, no es tu vida ni la de nadie, porque, sencillamente, no es la vida, es un producto de tus movimientos desorientados en ella, ocasionados por pensamientos sin vigilar y, por lo tanto, desconocidos, pero persistentes. Que si los vigilas, terminarás conociendo que son negativos, y para colmo, fijos.

Estos pensamientos llevan al ser humano a colocarse en un punto equivocado y, muchas veces, aparentemente sin salida. Se dice aparentemente, porque todo lo negativo, es aparente, no es real, tanto si es visible como invisible, si se puede tocar o no, es solo una apariencia. El deber es colocarse en el punto o polo positivo de todo. Allí está lo real: el amor, la vida y muchas otras maravillas, con las que cuenta el ser humano, y contará siempre, pero debe reconocerlo. Porque la vida y el amor es lo mismo para todos, y nos mantiene en el mismo punto positivo.

No se debe blasfemar contra la vida al referirse a ella,

antes o después de algo negativo, porque con esto se está tratando de quebrantar un principio, se quebranta la verdad que confirma casi todos los aspectos divinos y, por lo tanto, mintiendo abiertamente y violando un mandamiento de la ley. Porque no solo miente el que dice una cosa por otra u oculta la verdad, más miente el que niega las maravillas de la vida; y oculta la verdad aquel que no las acepta.

No es tu vida ni mejor ni peor que la de nadie, solo la estás viendo desde un punto diferente. Porque la vida es un mar sin fin, inmenso y maravilloso, donde navegan todos con los mismos derechos y deberes, tratando de ser y hacer feliz. La vida pasa por el ser, como la energía eléctrica por diferentes bombillas, de variados colores, dando luz al ambiente de acuerdo al color de la bombilla. Pero ese color es aparente, ya que puede cambiarse el color, cambiando la bombilla, porque la energía en sí, sigue siendo la misma para todos, con los mismos beneficios; como la vida.

El corazón de todos, para demostrar la vida en el cuerpo, late o palpita de la misma forma, y la sangre circula por el cuerpo, en todos de igual forma, y es del mismo color, sin que importe la carencia o la abundancia de los bienes materiales que posea cada uno, con independencia del conocimiento académico que posea, o la raza a la que pertenezca; sin importar la apariencia física o el país de origen o de crianza ni las creencias o religión.

De lo anteriormente expuesto solo cambia su apreciación por sí mismo y hacia los demás, la forma de aparentar la vida, el comportamiento, sus costumbres, el idioma o lengua para usar el don de la palabra. Don que, por cierto, es muy poderoso y que debemos usar con mucho cuidado, ya que es un pensamiento hablado, y produce los efectos según su significado, por lo que vigilar los pensamientos y frenar las palabras a tiempo, es de suma importancia para todos.

Atrévete a vivir la vida; pero, ojo, ¡mucho cuidado con

tomar esa frase equivocadamente!, alterando su significado; porque para algunos la mentira más grande es decir que viven la vida, cuando en realidad no saben qué es la vida. Aunque, tienen vida y están en la vida, como todos; pero no la viven ni la disfrutan, aparentan ser felices, y así lo dicen; pero sus pensamientos son contrarios y sus actitudes desorientadas, y cosechan el fruto de la semilla sembrada, por lo que, su palabra de felicidad produce un efecto de felicidad tan pasajero como lo vago de sus pensamientos.

Y la búsqueda de la felicidad, que dicen tener al "vivir la vida", se convierte en un círculo vicioso que, en muchos casos, los lleva al abismo. Pero todos en el fondo saben que ese "vivir la vida" no es más que una mentira, y que en realidad la están negando, y muchos llegan a negarla en su propio ser, y no la matan, porque en la vida no hay muerte; pero se la quitan o tratan de apartarse de ella, sin darse cuenta de que jamás lo lograrán, porque no hay forma de salirse de ella, ya que está en todo y en todos los planos del universo. Claro está, que no es quitarse la vida, es quitarse del cuerpo; hecho tan lamentable, ya que se le puede dar a ese cuerpo una mejor calidad de lo que ya tiene "vida" en el paso por este planeta.

No te apartes de ella, ni estés en ella como por obligación, no mientas al nombrarla, siente la verdad que representa, y disfruta las maravillas que te ofrece.

Atrévete a vivir la vida tal y como es en realidad, ten el gusto de conocerla, aceptarla y disfrutarla. Empieza por dar gracias por lo poco o mucho que tengas en este momento, prepárate para recibir lo mejor de ella. Alégrate por los triunfos de los demás como si fueran tuyos, así constantemente estarás alegre, pues siempre hay alguien que triunfa, incluyéndote a ti.

El triunfo es una ley de la vida para todos, y todos triunfan de diferente forma, de acuerdo a las necesidades de triunfo de cada uno. Solo espera el triunfo de acuerdo a tu deseo, y llegará de acuerdo a tu fe; pero espéralo seguro de que arribará. El tiempo solo tómalo en cuenta en el momento de hacer el plan, preferiblemente escrito y pidiendo todo lo que quieras (no es malo, ni pecado, desear todas las cosas buenas que hay en la vida, lo malo es hacer mal uso de ellas), y de ahí en adelante no lo tomes en cuenta, porque puede resultar desesperante y, esto puede obstaculizar la llegada del triunfo. El tiempo será medido por el grado de fe, diligencia y entusiasmo. La fe crece con la práctica, y mucho más con los logros obtenidos, si tomas en cuenta la fe que se puso en cada uno de ellos.

Así que ten fe, disfruta de la vida, haz buen uso del amor que te dan, aprécialo y ama lo más que puedas, sin condición. Sigue adelante con paso firme, no te des por vencido, persigue tus sueños hasta alcanzarlos. Empieza de nuevo cuantas veces sea necesario. Siente respeto y afecto por los demás, en la misma forma que te gustaría que lo hicieran contigo. No hagas jamás a los otros, lo que no querrías que te hicieran a ti. Da sin esperar nada a cambio, que mejor es dar que recibir, el que da es porque tiene, siempre le queda de lo que da, y abre un espacio para tener más.

Da gracias por dar, con la misma o más alegría y entusiasmo, que las das cuando recibes. Siembra la buena semilla en tu mente (pensamientos positivos) y la vida te dará abundantes y buenos frutos. Recuerda que "por sus frutos los conoceréis" y te conocerán por los tuyos. Por las cosas buenas que se hacen, se gana, y todavía queda un remanente.

Perdónalo todo y a todos, sin permitir ni soportar jamás que te hagan lo que tú no permites ni soportas hacer a otro. Perdónate a ti mismo (perdonar es olvidar), entonces, olvida lo malo, y como lo bueno no necesita perdón; recuerda lo bueno si esto no se mezcla con emociones que puedan alterar el presente con comparaciones o añoranzas, que obstruyen el conocimiento y el disfrute de lo bueno y maravilloso que puede ser el presente que, al fin, es lo único real en el tiempo de la vida, y no hay forma de medirlo.

El pasado es una manera de hacer referencia de algo que ya no existe; y el futuro es una forma de hacer referencia a algo en que se piensa, se espera y se desea y, por lo tanto, así será; pero no se sabe, exactamente cómo sucederá.

Por ello es más recomendable vigilar el presente, para vivirlo y disfrutarlo en forma correcta. Así que oriéntate, en vez de culparte. Edúcate, pero no te critiques. Cumple, pero no te afanes (cumple con tus deberes, como deberes que son, con amor y no como una obligación).

Perdónate y no te guardes rencor, promete no volver a pecar (no volver a pensar negativamente en ninguna forma, ni para nada ni para nadie). Ve, siente, y haz lo bueno en todo y para todos.

Agradece y sé feliz cada momento presente; porque la felicidad, sí existe, solo hay que permitirle que se haga presente. Está esperando que tú la reclames, porque te pertenece como una maravilla más de la vida, por eso no la niegues nunca.

No desees nunca lo ajeno; porque la vida tiene de todo, para todos, si te gusta algo es porque hay uno igual o parecido para ti, solo tienes que pedirlo; pero si lo envidias retardarás la llegada, o tal vez nunca llegue. Pide siempre en armonía para todos, para así asegurarse de no perjudicar a nadie, bajo la gracia del Padre y de manera perfecta.

Ubícate en el punto o polo positivo, llora ahora si tienes que hacerlo, para ahogar las penas; pero asegúrate de ahogarlas esta vez y para siempre, y que las próximas lágrimas sean de dicha y felicidad.

El pasado y el futuro no existen, pero forman parte de la vida inevitablemente, y dependen únicamente del presente. Vivir bien y en buena forma el presente, da un pasado agradable de recordar, y un futuro asegurado para la felicidad. Y es en el presente donde único se puede recordar el pasado, y esperar del futuro. Pero es mejor no pasar mucho tiempo en lo que no hay, para no perder el único tiempo que se tiene.

Respeta el yo soy, cambiándolo al yo soy positivo en todo.

Vive la vida en la vida, atrévete a conocerla, aprovecha que la vida no tiene tiempo, ni espacio ni distancia ni fronteras.

Capítulo VI

Representación simbólica

En este juego, "Tráfico", hay tres representaciones diferentes. Estas simbolizan lo mismo en ambos territorios, ya que la meta es la misma, y con pasos equivalentes para los competidores.

Primera representación

El territorio de salida o positivo, para cada uno, simboliza al hombre.

Las diez fichas, en representación de millones, simbolizan a la semilla.

El territorio contrario o negativo, para cada uno, simboliza a la mujer.

La ficha Oponente de cada territorio, simboliza el amor, y se opone a todo lo que pueda obstaculizar la unión entre ambos, propiciando el momento para procrear.

La línea fronteriza simboliza, para ambos, el plácido momento de unión para procrear.

La línea de llegada, para cada territorio, simboliza la concepción. Aquí comienza la primera lucha, entre millones, para llegar primero y entrar. El que logra entrar ya ganó, logró el propósito original. Es el primer triunfo que se tiene en el plano de vida física, allí se desarrolla el éxito logrado, en dependencia de muchas otras condiciones.

Segunda representación

El territorio de salida o positivo, para cada uno, simboliza a la madre.

El Oponente de cada territorio simboliza al padre, y los deberes que tiene que cumplir: proteger, cuidar y propiciar las mejores condiciones para la tierra donde sembró la semilla (la madre), y se opone a cualquier situación de desagrado que pueda ocasionar algún mal futuro para el esperado retoño (y así tiene que ser, protegido, y esperado por ambos, de la misma forma que fue procreado por ambos).

La línea fronteriza simboliza la paz, el reposo, la tranquilidad que debe tener toda madre en el tiempo de gestación, y la obligación de transmitirle buenas vibraciones al feto, para proteger en gran parte el futuro de su bebé y, así también ayudar en el adelanto del futuro adulto.

La línea de llegada simboliza el momento del nacimiento, otro triunfo logrado para desarrollar este éxito, ya físicamente visible ante todos, y entre nuevos logros de aprendizaje, ayudados en gran parte por los padres o encargados de esta tarea; pero es así solo para que sea más rápido, armonioso y agradable. Porque si no hay nadie para esa tarea, igual lo logra, aunque tarde más del tiempo promedio, indicado.

Porque el hombre, nació para lograr todos sus propósitos,

y es un ganador nato desde el principio hasta la eternidad. Y de niño lo logra por encima de todo, porque en su inocencia y su corazón humilde vive en el "Reino de los Cielos", ya que no conoce, ni siquiera, la palabra limitaciones.

Cuando come del fruto prohibido del árbol del conocimiento del bien y del mal, es cuando comienza la lucha más fuerte, con tropiezos repetidos hasta para lograr el propósito más sencillo. Comer de este fruto es hacer oído a las negaciones sobre el bien, tanto propias como ajenas (cuando comes digieres y una parte se elimina y la otra se queda); de igual forma, lo que captamos por los cinco sentidos, una parte se elimina y la otra se queda; pero como en lo que se come, así es en lo que captamos, se queda de lo que se tiene disponible y se toma para sí. Si es negativo lo que se toma, por ende, lo que se queda es negativo, y los resultados son negativos (no se pueden esperar naranjas de una mata de limón, por parecida que sean las hojas).

También, el mucho digerir (entiéndase, asimilar) del bien y del mal, puede ocasionar temores, culpas, miedo, incluso, hasta de pensar e impedirle el paso para continuar, aunque tenga aquí alguna misión especial para cumplir con este plano; porque una misión especial no lo hace más especial que los otros, ni le impide caer, porque solo es una misión para hacerse especialmente y, entonces lograr el éxito en el propósito de la misión. Así, como en el árbol, la fruta puede ser buena o mala, pero se da en los extremos de cada rama.

Y en comparación con la vida, todos los extremos son malos. Esta es una comparación que no se podía hacer con cualquier árbol del mundo, por lo que se tomó uno de los más notados, y conocidos por todos, y con una fruta agradable al paladar, para dejar aún más claro, que hay muchas cosas que resultan agradables y son realmente nocivas para el ser, en muchos o en todos los puntos para su evolución, tanto física como mental y espiritual.

Tercera representación

El territorio de salida o positivo, para cada uno, simboliza al ser, donde se forman los sueños.

De las diez fichas de cada territorio, cinco simbolizan los cinco sentidos; las otras, la intuición e inteligencia que acompaña a cada sentido. Por eso la meta aquí es entrar cinco fichas o menos, y ganar con ellas, porque se pueden entrar cinco y no ganar; mas se pueden entrar menos de cinco y ganar. Porque hay quienes tienen los cinco sentidos; pero carecen de la intuición e inteligencia que los acompaña.

Es por eso que se dijo que hay unos que viendo no ven, y oyendo no escuchan. Hay quienes carecen de algún sentido; pero es solo físicamente, pues tienen la intuición e inteligencia de estos, que les permite acoplarse a cualquiera de los otros sentidos; estos son —en comparación— los que meten menos de cinco fichas y ganan.

Hay quienes no tienen el sentido de la vista y pueden "ver" claramente todo lo que tocan, y saber la situación que representa todo lo que escuchan; y hay quienes no tienen el sentido del oído; pero "escuchan" y entienden claramente todo lo que ven.

Es un deber humano cuidar y desarrollar esta intuición, y la inteligencia que acompaña a los cinco sentidos, porque para eso fue dada, para que pueda ser de provecho para cada uno. Todos los ganadores han usado más la intuición e inteligencia de los cinco sentidos, que los propios sentidos físicos. Han hecho de los sentidos y sus acompañantes, un centro de estudio, para analizar todo lo que captan con ellos, y después tomar una decisión provechosa, no son seguidores por lo que escuchan o por lo que ven, sino por el resultado del análisis hecho; por eso casi nunca son seguidores; pero casi siempre son líderes.

Se ha dicho que el hombre fue puesto en el "planeta azul" para gobernarlo y triunfar; pero no para gobernar uno al otro; sino para gobernarse principalmente a sí mismo, que es lo más difícil, y a su vez lo más provechoso. Quien se gobierna a sí mismo, pese, a lo difícil que puede ser enfrentar una situación de tentación o costumbre, tiene el éxito asegurado, en cualquier propósito que tenga en la vida. Gobernar a los demás resulta mucho más fácil, y si no se logra de una forma se logra de otra, hasta bajo engaño si es posible; pero no se saca ningún provecho de ello, porque el fracaso más grande es aprovecharse de los demás (por cualquier medio), y perder el tiempo tratando de gobernar o vigilar una vida ajena, mientras se descuida la propia.

Cuando esto pasa ocurre que son dos los gobernados, el otro y la persona en sí misma, que es la principal gobernada, por los egos dominantes: el celo dirigido por el egoísmo y no por el cuido, el orgullo, la vanidad y la envidia, entre muchos otros. Mientras que el gobierno a los demás se logra de varias formas, el gobierno a sí mismo se alcanza solo con la fuerza de la buena voluntad y la persistencia puesta en ella.

Entonces, cuando esto se logra, el ser humano puede gobernar sobre su tierra, sobre los animales, sobre sus plantaciones, y lograr con éxito todos sus propósitos, e incluso, el universo le entrega todo lo que ya es suyo, porque ya está preparado para recibirlo.

Quien usa la voluntad lo logra todo; pero es importante trabajar con buena voluntad para que el éxito sea duradero, nada que se haga con mala voluntad (persistir con energía para obtener lo deseado bajo medios o fines malos) o con provechos aislados, solo para uno o unos, puede ser duradero. El día que la gran mayoría responsable del adelanto de la tierra (exceptuando solo a los que carecen de alguna facultad importante) entiendan esto y lo pongan en práctica; entonces, el planeta avanzará mucho más rápido en su evolución, para entregarse como la "tierra prometida". Donde la raza terrena —dicho así, para incluir también a los animales— podrá vivir libremente, feliz y en paz. Paz a los hombres de buena voluntad.

La línea fronteriza amarilla, simboliza el lugar para el tiempo de meditación, necesario para hacer un plan bien definido, sobre lo que desea el corazón, con un propósito digno, bajo la gracia y de provecho para todos, evitando cualquier medio que dañe a otra persona, en cualquier forma. El éxito logrado teniendo en cuenta el respeto al prójimo, a las leyes terrenales y a las del universo, es el éxito que perdura para siempre.

El Oponente, de cada territorio, simboliza la luz que se opone a toda oscuridad que pueda intervenir en un plan que se ha trazado bajo la gracia y de manera perfecta para todos, con fines armoniosos y no por mera vanidad.

El territorio contrario o negativo, con sus líneas, sus puntos y el Oponente, simboliza la variedad de caminos y puntos o lugares que se presentan cuando se persigue un sueño, y los obstáculos que se tienen que vencer para lograr lo anhelado.

La línea de llegada, simboliza el triunfo o logro del sueño anhelado.

Estas son mis felicitaciones para ti, que buscaste dentro de tu corazón el sueño anhelado, lo que deseas ser o hacer en la vida, y formaste un buen plan para lograrlo, haciendo uso de la "buena voluntad".

Aquí, simplemente son tres representaciones simbólicas. En la vida universal existen tres aspectos divinos:

- *El Padre, creador de todo.*
- *El Hijo, hecho a su imagen y semejanza.*
- *El Espíritu Santo, animador del ser y alentador de los grandes sueños.*

Precisión

Consiste en colocar las fichas según su número, en los puntos del mismo número en el territorio contrario (como meta). Precisión tiene las mismas reglas de tráfico, excepto, que la ficha que esté ya en su punto, del mismo número, no puede eliminarse. Y gana el que más fichas haya logrado poner en esa posición.

En línea

Se juega con el mismo tablero de Tráfico, y todas las fichas de los dos juegos primarios, excepto, los Oponentes; mas no sigue ninguna de sus reglas. Tiene siete fichas amarillas y diez rojas, adicionales, y un tablero más con estos colores para que sea posible jugarlo entre dos parejas. Uno de los jugadores debe sacar de la caja las fichas, una a una, sin mirar hasta después de sacarlas para indicar el color y el número, y entregarla al jugador correspondiente, para que este la coloque en el punto adecuado; y así, hasta que uno de los jugadores logre ocupar todos los puntos de una de las dos líneas horizontales de su territorio. El primero en hacerlo gana, y lo indicará con la frase: en línea con… (un pensamiento positivo y espontáneo del ganador).

Capítulo VII
Juego Éxito

Éxito se juega en el mismo tablero de Tráfico, y siguiendo las mismas reglas. Excepto que las fichas son colocadas con la letra "E" en forma visible, con el propósito de no saber qué número se está manejando con cada movimiento, y la meta es la misma; pero el propósito principal aquí, no es lograr una cifra ganadora, sino recibir algunos consejos dados para los próximos siete días, tomando en cuenta el respeto y la seriedad que le dé el jugador, e incluso, puede formular alguna pregunta en particular, si así lo desea, al principio del juego. Pidiendo una clara interpretación de la respuesta y siendo responsable de la misma.

Las recomendaciones para cada jugador se leen según el número correspondiente en la lista dada para los próximos siete días, indicado por el número de cada ficha colocada en la línea de llegada.

El jardín

Todo niño tiene un jardín. Cada uno a su manera. En el que vive hasta que conoce del bien y del mal, y es expulsado a vivir con apuro y sacrificio para lograr lo que quiere. Entre imposiciones algunas veces necesarias y otras no, en muchos casos recibidas de los padres y que darán luego a sus hijos, pero el Padre de todos, en su generosidad, permite regresar al jardín, si así se desea. Son pocas las reglas a seguir comparado con los beneficios recibidos cuando se visita el jardín; solo un cambio en la vida en cuanto a la forma de verla y de pensar da un acceso fácil a él, y este será, a su vez, un pasaporte al jardín general, donde más adelante viviremos todos. En la tierra prometida.

Aquí se presenta un jardín que le fue dado a la autora hace más de quince años.

Es sin principio ni fin, hermoso, con áreas en grama para caminar, árboles… y es bastante claro; pero no se siente el efecto fuerte del sol, ni tampoco hace frío. Hay una caída de agua transparente, no muy alta, con reflejos luminosos saliendo del agua, con piedras entre pequeñas y medianas a la orilla del pozo formado al pie de la caída, una pequeña corriente de agua que sale del pozo y una voz que le dijo: "Yo soy el Padre, Dios, y aquí puedes descansar, y allí ella podía descansar mientras llevó una vida en armonía".

Cada uno tiene un jardín. Allí puedes descansar y soñar en total tranquilidad, y puedes llevar a quien tú quieras; más nadie puede entrar y conocerlo, solo tú tienes ese privilegio. Y es único, no hay dos iguales.

En los ejercicios aquí indicados no se debe involucrar a ninguna persona, sentimentalmente, ya que cada quien tiene su propio destino y es dueño de sus propios deseos, excepto, si es en el disfrute de lo adquirido, o si se trata de la unión familiar, en este caso debe llevarse toda la familia al jardín para disfrutar allí en armonía, como en un verdadero hogar, y bañarse en el pozo, o para el cambio de conducta errada de una persona.

Recomendaciones para los próximos siete días

1- *Exprésale tus sentimientos a la persona que amas, y agrégale hechos para reforzar la palabra. Si está lejos, llámala para recordárselo. Las personas necesitan saber que son amadas para que el amor no muera en ellas, porque "después del pájaro ido, no valen plumas en el nido".*

2- Si tienes algo pendiente por hacer, no lo dejes para más tarde, el momento indicado es ahora. No importa que sea material, sentimental, grande o pequeño. La energía te favorece.

3- Mañana es un buen día para emprender un negocio; pero si todavía no son las doce del mediodía, hazlo hoy. Si tienes que presentar un examen académico o llenar alguna solicitud para obtener algo, prepárate hoy, para mañana obtener un buen resultado. Tus canales están despejados.

4- Una vieja rencilla está afectando tu onda vibratoria, si ahora no la tienes presente búscala dentro de ti, y elimínala para siempre. Pon esto en la línea del amor y el perdón, y llévala al polo alto (positivo).

5- Es importante respetar a los demás con sus formas

y costumbres. Tan importante como elegir cuidadosamente a las amistades o, en todo caso, no imitar comportamientos erróneos, aunque para eso haya que apartarse un poco (de forma disimulada, para evitar agravios). Analiza para ver si no estás copiando algo que afecte tu conducta.

6- El amar se convierte en amargura para algunos; porque lo acompañan con el celo —en el mal sentido de la palabra— y esto puede ser muy peligroso. Esto trae suposiciones erradas y hace ver lo que en realidad no está pasando. Si amas, siente la alegría por eso, y dale al corazón el regalo de amar en libertad, liberándolo del celo. Si quieres celar hazlo en el buen sentido de la palabra: cuidando y dando lo mejor de ti. Habida cuenta de que nadie es de otro realmente, por cercano que esté de él, y que cada quien es dueño de su propia vida. El celo mal fundado puede darse en relaciones por afinidad, consanguinidad o adopción y en todos los casos es igualmente dañino. Averigua cuál es el tuyo para corregirlo.

7- Hay quien dice que en el corazón no se manda; pero quien no es capaz de mandar en el corazón, tampoco puede gobernar sus pensamientos y de ellos depende la mayor parte de la fuerza de los sentimientos. Si tu problema es amar, que no sea ya más un problema, sino una bendición. Sin permitir por esto que abusen de ti; solo tienes que aclarar tus pensamientos para orientar tus sentimientos; pero si después de esto consideras que tu amor está bien orientado; entonces, sigue adelante. Envuelve a la persona amada en la llama del amor, visualízate junto a ella, dentro de una casa de vidrio, sin termi-naciones o una esfera de vidrio si te parece mejor; color de rosa, flotando en el aire, y haz allí lo que quieras. Pero recuerda que el vidrio cuando se rompe puede hacer daño, por lo que no debes afectar a nadie, dándole una razón de peso para dolerse y sentirse agraviado y, que con esto, pueda romper el vidrio, con el que más adelante te puedes hacer heridas profundas. Si este amor es por parentesco consanguíneo, es preferible hacer esto dentro de una burbuja, suficiente para tan inquebrantable amor.

8- Tu canal de entrada está siendo afectado por una nube causada por algunos pensamientos errados. Te corresponde averiguar cuál es sentimental, material o ambos. Y comienza a despejar el canal haciendo afirmaciones positivas en relación a tu caso.

Si es de tipo material, imagínate recibiendo mucho dinero, por cualquier medio, o por todos los medios que puedas reconocer claramente en tu imaginación: billetes, cheques, money orders, estados de cuenta a tu favor, premios o cerrando un negocio, que has tenido pensado hacer, y sacándole grandes ganancias, etc.

Si es sentimental, revisa las recomendaciones dadas en el número siete de esta lista, y haz el ejercicio allí indicado. Si tu caso es soledad, prepárate para recibir a la pareja ideal, y pídela al Padre como regalo especial, ya que esto no es como el dinero que tiene que ir y venir para que sea de provecho, en este caso se anhela que se quede para siempre. Dile al Padre, lo que te gustaría, para ti; pero deja que sea Él quien decida, porque sabe lo que es mejor y conoce los sentimientos de cada uno.

9- Para eliminar cualquier mala onda que se pueda aproximar es recomendable empezar hoy mismo, y durante los próximos siete días, contados desde hoy, a hacer diez minutos de ejercicios de visualización al acostarte, y diez minutos antes de levantarte, si tienes una hora obligada para levantarte, pon el reloj diez minutos antes para que hagas los ejercicios.

Imagínate caminando sobre la grama verde de un campo abierto, con la brisa soplando fuertemente sobre tu rostro y el resto del cuerpo, eliminando con ella toda mala vibración, y empieza a sentirte libre, a medida que va desapareciendo la brisa fuerte para ir sintiendo una agradable, que le da paso a la entrada de un lindo jardín, parecido al descrito aquí en un texto anterior, titulado "El jardín". Y mira al fondo una mata de rosa, una de manzana y otra de uva; al tercer día , al entrar al jardín (en la mañana, que es cuando la imaginación está menos influenciada por lo visto física y recientemente) enfoca la mirada al centro, donde están las matas de rosa, manzana y uva y determina cuál pudiste ver con más claridad; si es la mata de manzana, revisa si estás siendo extremista en algo que te puede estar impidiendo avanzar; si es la mata de uva ¡celebra!, porque tus deseos están a punto de cumplirse; si es la mata de rosa, ten cuidado porque algo o alguien que te llama mucho la atención puede tener espinas, que suelen hacer daño.

0- Arréglate hoy muy bien, sal a la calle, y regálate el perfume de tu preferencia, si te es posible come en un buen restaurante con tu familia, o solo si no tienes a otra persona para compartir o con tu compañero de juego. ¡Celebra el triunfo que está por llegar! Si no puedes hoy, por la hora o por razones de trabajo, hazlo el próximo día disponible. El perfume debes usarlo en los días que consideres importantes y como poco a poco te vas dando cuenta de que todos los días son importantes, lo usarás a diario. Visita el jardín, pide permiso al Padre para sacar del pozo lo que deseas para cubrir alguna necesidad inmediata.

El sol

Si quedó alguna ficha en el punto central del tablero (el sol) al finalizar el juego, se lee según el número que corresponda en la lista de recomendaciones, más la del sol.

El Sol: Tú debes saber que tu sueño o lo que anhelas está a punto de hacerse realidad. Pon empeño en la acción requerida, y empieza ya, si no lo has hecho. Refuerza el logro con el ejercicio indicado en el número nueve, de las recomendaciones dadas para los próximos siete días. Aquí no se requiere enfocar las tres plantas.

El primer día en la noche, cuando la mente está muchas veces movida por lo visto durante el día, llega al jardín y pide permiso al Padre para poner en el pozo el deseo detallado, escrito en un pergamino con tinta dorada.

El segundo día llévalo y léelo para el Padre, en voz alta, pon esto de frente a la caída de agua y déjalo caer al pozo. El tercer día llega al jardín y pide permiso para sacar del pozo el deseo ya formado, con tamaño para poder cogerlo con las dos manos y llévalo contigo, da las gracias mientras te retiras, confiando en esto como real y de corazón.

Los otros cuatro días puedes ir al jardín si quieres, porque ese es tu jardín; pero para este ejercicio debes disfrutar esos diez minutos en lo que sacaste del pozo, ya con el tamaño normal.

La mente del ser humano es creadora (tal como es en la mente es afuera), por la semejanza que tiene con la del Creador; pero no es igual ni mejor que la de Él, por lo que se recomienda limpiar el canal que los une, con pensamientos puros, para crear bajo su voluntad y luz su propia forma de vivir en la tierra, en la abundancia de todo lo bueno que en ella hay, sin olvidar jamás el camino a una nueva forma de vida, en la gloria de su Creador por toda la eternidad.

Capítulo VIII

Consideraciones finales

Diez minutos para la eternidad

Es importante saber, que el mejor ejercicio es reconocer al Padre de todos y santificar su nombre. Pedir de su reino y crear por la semejanza que se tiene con Él, pidiendo de su luz para crear bajo su guía. Pedirle y agradecerle su suministro, del hoy y del mañana. Perdonar en reconocimiento de sus propios errores. Pedirle la energía y protección del Espíritu Santo, para no rendirse ante la tentación, la compañía de sus ángeles como escolta, para no estar solos y ser librados del mal en todo momento y la sabiduría para pensar, actuar y vivir bajo su gracia, para heredar como su Hijo y con su Hijo, de su reino, su poder y su gloria, por toda la eternidad. Y lo demás os será dado por añadidura.

Capítulo IX

Canciones y poemas

Detrás de la frontera

Hato Rey, Puerto Rico,
(16 de junio de 2000)

Detrás de la frontera
dejé mis seres queridos,
con el fin de mejorar
la condición en que he vivido.

Este es el precio a pagar
y llorando se los digo:
yo no los puedo olvidar,
los llevo siempre conmigo.

Por tratar de mejorar
la condición en que he vivido,
me convertí en emigrante:
he ganado y he perdido.

He ganado en lo material,
pero he perdido en cariño

no sé lo que es un hogar
solo cuento con mi amigo,
que es Dios y en todo lugar
me alumbra siempre el camino.

¡Qué larga se hace la espera!
¡Qué lento pasan las horas!
Creo que la hora no llega,
todo lo veo con atraso,
no veo el tiempo pasar
para llegar a mi tierra
y allí con un fuerte abrazo
a mi familia saludar.

Cuando se acerca ese día
de volver a mi país,
no puedo ya ni dormir.
Creo que el tiempo pasa lento
para que llegue el momento
y así ya poderme ir.

Un fuerte abrazo y un beso,
yo quiero darle a mi madre
y al resto de mi familia,
que allá deben esperarme.

Y les digo que es por eso,
que permanezco en vigilia,
pensando que se hace tarde
para tomar el avión,
que me lleva de regreso
y así llegar a mi tierra,
donde mi madre me espera
para también abrazarme.

No te rindas

Santurce, Puerto Rico
19 de abril de 2006

No te rindas en la fe, ni desmayes en la lucha,
que la fe mueve montañas y al que habla se le escucha.
Y al que toca se le abre y al que pide se le da,
y el que siga el buen camino, sin duda se salvará.

Él es la solución

Santurce, Puerto Rico
19 de abril de 2006

Por más que pienso en la solución de las cosas,
no encuentro tal solución;
pero pienso que en la vida, lo mejor es el amor,
por eso y por mucho más, mi frente será con Dios,
Él, prometió protegerme con todo su corazón,
y encontrar en él la vida, la esperanza y el perdón, y al
final del mundo, junto a Él, la salvación.

Vivir el presente

Santurce, Puerto Rico
(27 de julio de 2003)

No podemos huir de nosotros mismos
ni podemos vivir del recuerdo,
lo mejor es tener optimismo
y el pasado dejárselo al tiempo.

Hay recuerdos que te hacen llorar
y hay algunos que te hacen feliz,
comoquiera no debes dejar,
que te empañen el diario vivir.

Hay momentos que el camino es duro
y no sabes cómo continuar,
lo mejor es que siempre hay futuro,
que al presente puede mejorar.

Casi siempre la batalla es dura
y la fe no puedes perder,
porque hay algo que el tiempo asegura
y es el dicho: querer es poder.

Pero, no es el dicho quien te hace triunfar,
es saberlo y ponerlo en acción,
es poseer con solo pensar
y desear con el corazón.

La editorial Cambridge BrickHouse, Inc.
ha creado el sello CBH Books
para apoyar la excelencia en la literatura.
Publicamos todos los géneros, en todos los idiomas
y en todas partes del mundo.
Publique su libro con CBH Books.
www.CBHBooks.com

De la presente edición:
Frontera
entre el Cielo y la Tierra
por Juana R. Garcés Vergara
producida por la casa editorial CBH Books
(Massachusetts, Estados Unidos),
año 2011.
Cualquier comentario sobre esta obra
o solicitud de permisos, puede escribir a:
Departamento de español
Cambridge BrickHouse, Inc.
60 Island Street
Lawrence, MA 01840
U.S.A.